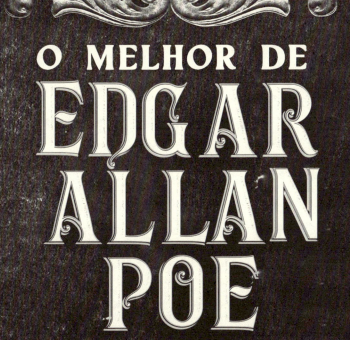

The raven, The cask of Amontillado, The murders in the Rue Morgue, The tell-tale heart, The masque of the red death, The fall of the House of Usher, The pit and the pendulum, The black cat, The purloined letter, William Wilson

© 2021 by Book One
Todos os direitos de tradução reservados e protegidos pela Lei 9.610 de 19/02/1998. Nenhuma parte desta publicação, sem autorização prévia por escrito da editora, poderá ser reproduzida ou transmitida sejam quais forem os meios empregados: eletrônicos, mecânicos, fotográficos, gravação ou quaisquer outros.

Tradução: **Cássio Yamamura**
Preparação: **Diogo Rufatto**
Revisão: **Sylvia Skallák e Guilherme Summa**
Capa: **Felipe Guerrero**
Arte, projeto gráfico e diagramação: **Francine C. Silva**

Dados Internacionais de Catalogação na Publicação (CIP)
Angélica Ilacqua CRB-8/7057

P798m	Poe, Edgar Allan, 1809-1849
	O melhor de Edgar Allan Poe / Edgar Allan Poe; tradução de Cássio Yamamura. – São Paulo: Excelsior, 2021.
	208 p.
	ISBN 978-65-80448-51-7
	1. Ficção norte-americana 2. Contos de terror I. Título II. Yamamura, Cássio
20-3226	CDD 813.6

O MELHOR DE EDGAR ALLAN POE

São Paulo
2021

EXCELSIOR
BOOK ONE

Introdução para "O Corvo", traduzido por Machado de Assis

A tradução de "The Raven" feita por Machado de Assis foi originalmente publicada em 1880, em *Ocidentais*, uma coletânea de poesia na qual Machado também apresentou traduções de La Fontaine, Dante e Shakespeare, além de poemas de autoria própria.

A versão de Machado para o poema é famosa por seus desvios com relação ao original de Poe: os versos mais longos são divididos em dois, a noite já é prontamente apresentada como algo que "apavora" (ao passo que "dreary", no original, é um adjetivo mais ambíguo) e o narrador está desde o início mais disposto a levar a sério seu diálogo com a ave (alegando que ela "entendia" e "respondia", verbos que não têm ocorrência equivalente nos versos originais).

Uma comparação inicial entre o original e a tradução pode fazer o leitor acreditar que o Bruxo do Cosme Velho não foi capaz de traduzir Poe adequadamente. Porém, no ensaio "'The Raven', by Machado de Assis",[1] o acadêmico Sérgio Luiz Prado Bellei alerta: além de Machado ter traduzido o famoso monólogo de Hamlet ("Ser ou não ser, eis a questão.") com menos controvérsia, seus desvios no caso de Poe são tão frequentes e sistemáticos que é pouco provável que sejam acidentais.

Bellei cogita que Machado faz propositalmente sua própria leitura do texto de Poe, e que o livro no qual a tradução foi publicada ajuda a explicá-la. Ao compor seu Corvo, ele fez mais do que tornar o texto acessível aos leitores brasileiros: também o recontextualizou como parte de uma coletânea que trata de temas como a agonia existencial (que ele realça em sua tradução) e que apresenta sua própria poesia brasileira em meio a traduções de obras da tradição europeia, num processo de aproveitamento que muitas vezes vemos em nossos projetos de formação ou reformulação de identidade nacional, da Antropofagia à Tropicália.

O resultado dessa recontextualização é uma tradução ousada e surpreendentemente moderna; um Corvo que ainda é, sim, de Poe, mas é também, de certa forma, machadiano; com ênfases, riquezas, mistérios e terrores próprios.

---

1   BELLEI, S. L. P. "'The Raven', by Machado de Assis". *Ilha do desterro*. Florianópolis, Santa Catarina, Brasil. nº 17. pp. 47-62. 1º semestre de 1987. (N.E.)

O Corvo
(tradução de Machado de Assis)

Em certo dia, à hora, à hora
Da meia-noite que apavora,
Eu, caindo de sono e exausto de fadiga,
Ao pé de muita lauda antiga,
De uma velha doutrina, agora morta,
Ia pensando, quando ouvi à porta
Do meu quarto um soar devagarinho,
E disse estas palavras tais:
"É alguém que me bate à porta de mansinho;
Há de ser isso e nada mais."[2]

---

2   Nos versos finais de cada estrofe: a rima do original é "more" (sendo a famosa fala do corvo "Nevermore"). Embora o sentido da palavra seja mantido pela tradução, é válido lembrar que originalmente as estrofes são encerradas

Ah! Bem me lembro! Bem me lembro!
Era no glacial dezembro;
Cada brasa do lar sobre o chão refletia
A sua última agonia.
Eu, ansioso pelo sol, buscava
Sacar daqueles livros que estudava
Repouso (em vão!) à dor esmagadora
Destas saudades imortais
Pela que ora nos céus anjos chamam Lenora.
E que ninguém chamará mais.

E o rumor triste, vago, brando
Das cortinas ia acordando
Dentro em meu coração um rumor não sabido,
Nunca por ele padecido.
Enfim, por aplacá-lo aqui no peito,
Levantei-me de pronto, e: "Com efeito,
(Disse) é visita amiga e retardada
Que bate a estas horas tais.
É visita que pede à minha porta entrada:
Há de ser isso e nada mais."

Minh'alma então sentiu-se forte;
Não mais vacilo e desta sorte
Falo: "Imploro de vós — ou senhor ou senhora,
Me desculpeis tanta demora.
Mas como eu, precisando de descanso,
Já cochilava, e tão de manso e manso

---

com uma vogal mais grave e fechada, contribuindo para o tom lúgubre que se
acumula conforme o poema avança. (N.E.)

Batestes, não fui logo, prestemente,
Certificar-me que aí estais."
Disse; a porta escancaro, acho a noite somente,
Somente a noite, e nada mais.

Com longo olhar escruto a sombra,
Que me amedronta, que me assombra,
E sonho o que nenhum mortal há já sonhado,
Mas o silêncio amplo e calado,
Calado fica; a quietação quieta;
Só tu, palavra única e dileta,
Lenora, tu, como um suspiro escasso,
Da minha triste boca sais;
E o eco, que te ouviu, murmurou-te no espaço;
Foi isso apenas, nada mais.

Entro coa alma incendiada.
Logo depois outra pancada
Soa um pouco mais forte; eu, voltando-me a ela:
"Seguramente, há na janela
Alguma cousa que sussurra. Abramos,
Eia, fora o temor, eia, vejamos
A explicação do caso misterioso
Dessas duas pancadas tais.
Devolvamos a paz ao coração medroso,
Obra do vento e nada mais."

Abro a janela, e de repente,
Vejo tumultuosamente
Um nobre corvo entrar, digno de antigos dias.
Não despendeu em cortesias
Um minuto, um instante. Tinha o aspecto

De um lorde ou de uma lady. E pronto e reto,
Movendo no ar as suas negras alas,
Acima voa dos portais,
Trepa, no alto da porta, em um busto de Palas;
Trepado fica, e nada mais.

Diante da ave feia e escura,
Naquela rígida postura,
Com o gesto severo — o triste pensamento
Sorriu-me ali por um momento,
E eu disse: "O tu que das noturnas plagas
Vens, embora a cabeça nua tragas,
Sem topete, não és ave medrosa,
Dize os teus nomes senhoriais;
Como te chamas tu na grande noite umbrosa?"
E o corvo disse: "Nunca mais".

Vendo que o pássaro entendia
A pergunta que lhe eu fazia,
Fico atônito, embora a resposta que dera
Dificilmente lha entendera.
Na verdade, jamais homem há visto
Cousa na terra semelhante a isto:
Uma ave negra, friamente posta
Num busto, acima dos portais,
Ouvir uma pergunta e dizer em resposta
Que este é seu nome: "Nunca mais".

No entanto, o corvo solitário
Não teve outro vocabulário,
Como se essa palavra escassa que ali disse
Toda a sua alma resumisse.

Nenhuma outra proferiu, nenhuma,
Não chegou a mexer uma só pluma,
Até que eu murmurei: "Perdi outrora
Tantos amigos tão leais!
Perderei também este em regressando a aurora."
E o corvo disse: "Nunca mais!"

Estremeço. A resposta ouvida
É tão exata! é tão cabida!
"Certamente, digo eu, essa é toda a ciência
Que ele trouxe da convivência
De algum mestre infeliz e acabrunhado
Que o implacável destino há castigado
Tão tenaz, tão sem pausa, nem fadiga,
Que dos seus cantos usuais
Só lhe ficou, na amarga e última cantiga,
Esse estribilho: "Nunca mais".

Segunda vez, nesse momento,
Sorriu-me o triste pensamento;
Vou sentar-me defronte ao corvo magro e rudo;
E mergulhando no veludo
Da poltrona que eu mesmo ali trouxera
Achar procuro a lúgubre quimera,
A alma, o sentido, o pávido segredo
Daquelas sílabas fatais,
Entender o que quis dizer a ave do medo
Grasnando a frase: "Nunca mais".

Assim posto, devaneando,
Meditando, conjeturando,
Não lhe falava mais; mas, se lhe não falava,

Sentia o olhar que me abrasava.
Conjeturando fui, tranquilo a gosto,
Com a cabeça no macio encosto
Onde os raios da lâmpada caíam,
Onde as tranças angelicais
De outra cabeça outrora ali se desparziam,
E agora não se esparzem mais.

Supus então que o ar, mais denso,
Todo se enchia de um incenso,
Obra de serafins que, pelo chão roçando
Do quarto, estavam meneando
Um ligeiro turíbulo invisível;
E eu exclamei então: "Um Deus sensível
Manda repouso à dor que te devora
Destas saudades imortais.
Eia, esquece, eia, olvida essa extinta Lenora."
E o corvo disse: "Nunca mais".

"Profeta, ou o que quer que sejas!
Ave ou demônio que negrejas!
Profeta sempre, escuta: Ou venhas tu do inferno
Onde reside o mal eterno,
Ou simplesmente náufrago escapado
Venhas do temporal que te há lançado
Nesta casa onde o Horror, o Horror profundo
Tem os seus lares triunfais,
Dize-me: existe acaso um bálsamo no mundo?"
E o corvo disse: "Nunca mais".

"Profeta, ou o que quer que sejas!
Ave ou demônio que negrejas!

Profeta sempre, escuta, atende, escuta, atende!
Por esse céu que além se estende,
Pelo Deus que ambos adoramos, fala,
Dize a esta alma se é dado inda escutá-la
No éden celeste a virgem que ela chora
Nestes retiros sepulcrais,
Essa que ora nos céus anjos chamam Lenora!"
E o corvo disse: "Nunca mais".

"Ave ou demônio que negrejas!
Profeta, ou o que quer que sejas!
Cessa, ai, cessa! clamei, levantando-me, cessa!
Regressa ao temporal, regressa
À tua noite, deixa-me comigo.
Vai-te, não fique no meu casto abrigo
Pluma que lembre essa mentira tua.
Tira-me ao peito essas fatais
Garras que abrindo vão a minha dor já crua."
E o corvo disse: "Nunca mais".

E o corvo aí fica; ei-lo trepado
No branco mármore lavrado
Da antiga Palas; ei-lo imutável, ferrenho.
Parece, ao ver-lhe o duro cenho,
Um demônio sonhando. A luz caída
Do lampião sobre a ave aborrecida
No chão espraia a triste sombra; e, fora
Daquelas linhas funerais
Que flutuam no chão, a minha alma que chora
Não sai mais, nunca, nunca mais!

O barril de amontillado

As milhares de injúrias de Fortunato suportei da melhor forma que pude; mas quando ele aventurou-se a insultos, jurei vingar-me. Tu, que conheces tão bem a natureza de minha alma, não hás de supor, contudo, que eu tenha pronunciado uma ameaça. *Nalgum momento* teria minha vingança, isso era algo definitivo e garantido; mas a própria garantia da resolução contrariava a noção de risco. Não devo apenas punir; devo punir com impunidade. Um erro segue não corrigido quando a desforra atinge seu corretor. Segue igualmente não corrigido quando o vingador não consegue fazer sentida a sua presença nessa condição por aquele que lhe fez mal.

Deve-se ficar claro que nem por palavras nem por ações dei a Fortunato motivo para duvidar de minha boa vontade. Continuei, como de costume, a sorrir diante dele, que não percebia que meu sorriso *agora* devia-se à ideia de imolá-lo.

Tinha um ponto fraco esse Fortunato, embora em outros aspectos fosse um homem a se respeitar e até mesmo temer. Ele se vangloriava de seu conhecimento sobre vinhos. Poucos italianos têm o espírito de virtuoso genuíno. Na maior parte das vezes, o entusiasmo deles é adotado de acordo com o momento e a oportunidade, para praticar o logro em milionários britânicos e austríacos. Em pintura e joalheria, Fortunato, como seus conterrâneos, era um charlatão; mas no que dizia respeito a vinhos antigos, era sincero. Nesse quesito, eu não divergia dele materialmente: era eu mesmo versado nas safras italianas e comprava muitas sempre que podia.

Foi próximo do pôr do sol, numa noite durante a loucura suprema dos tempos de carnaval, que encontrei meu amigo. Ele me abordou de modo excessivamente caloroso, pois tinha bebido muito. Vestia-se de bobo da corte. Estava com um traje justo de estampa característica e sua cabeça sustentava o chapéu cônico com sinos. Fiquei tão feliz em vê-lo que pensei que jamais terminaria o aperto de mãos. Disse-lhe:

– Meu caro Fortunato, que sorte em encontrar-te. Que aparência notavelmente bela ostentas hoje! Mas recebi uma pipa do que supostamente é amontillado e tenho minhas dúvidas.

– Como? – ele disse. – Amontillado? Uma pipa! Impossível! E no meio do carnaval!

– Tenho minhas dúvidas – respondi. – E fui tolo a ponto de pagar o preço cheio de amontillado sem consultar-te na questão. Não consegui encontrar-te e fiquei com medo de perder um bom negócio.

– Amontillado!

– Tenho minhas dúvidas.

– Amontillado!

– E preciso saná-las.

– Amontillado!

– Como estás ocupado, vou agora a Luchesi. Se alguém dispõe de um viés crítico, é ele. Ele há de determinar...

– Luchesi não sabe diferenciar amontillado de xerez.

– E, no entanto, há tolos que consideram que o paladar dele é páreo com o teu.

– Vem, vamos.

– Aonde?

– À tua adega.

– Amigo, não; não farei imposições à tua boa pessoa. Percebo que tens um compromisso. Luchesi...

– Não tenho compromisso algum; vem.

– Amigo, não. Não se trata do compromisso, mas do grave resfriado que noto afligir-te. A caverna da adega é insuportavelmente úmida e incrustada de salitre.

– Vamos, mesmo assim. O resfriado não é nada. Amontillado! Foste enganado. E, quanto a Luchesi, ele não sabe a diferença entre xerez e amontillado.

Assim dito, Fortunato apossou-se de meu braço. Colocando uma máscara de seda preta e envolvendo um manto *roquelaire* em minha pessoa, tolerei-o apressando-me ao *palazzo*.

Não havia serviçais em casa; eles haviam escapado para festejar em homenagem à época. Disse a eles que eu não voltaria até o amanhecer e dei-lhes ordens explícitas para não deixarem a casa. Essas ordens eram suficientes, eu bem sabia, para garantir o desaparecimento imediato de cada um deles assim que eu lhes desse as costas.

Peguei de suas arandelas duas tochas e, entregando uma delas a Fortunato, guiei-o reverentemente pelos vários cômodos até a arcada que levava à adega. Desci uma longa escada espiralada, pedindo que tivesse cuidado ao seguir-me. Chegamos, afinal, ao pé da escadaria, e ficamos juntos no chão úmido das catacumbas dos Montresor.

A passada de meu amigo era irregular, e os sinos em seu chapéu tiniam conforme andava.

– A pipa – ele disse.

– Está mais adiante – falei. – Mas observa as teias brancas que brilham nas paredes desta caverna.

Ele se virou para mim e olhou para meus olhos com duas orbes turvas que destilavam a reuma de embriaguez.

– Salitre? – perguntou, por fim.

– Salitre – respondi. – Há quanto tempos estás com essa tosse?

– Cof! Cof! Cof!… Cof! Cof! Cof!… Cof! Cof! Cof!… Cof! Cof! Cof!… Cof! Cof! Cof!

Foi impossível para meu pobre amigo responder por vários minutos.

– Não é nada – pronunciou-se, por fim.

– Vem – falei, decidido –, regressaremos; tua saúde é preciosa. És rico, respeitado, admirado, querido; és feliz, como eu já fui. És um homem cuja falta seria sentida. Para mim não importa. Voltemos; ficarás doente, e não posso ser responsável por isso. Além disso, Luchesi…

– Basta – ele disse. – A tosse é um mero nada; não há de matar-me. Não hei de morrer de tosse.

– É verdade… é verdade – respondi. – E, naturalmente, não tinha intenção de alarmar-te sem necessidade… mas deves tomar todo o cuidado. Um trago desse Médoc nos protegerá da umidade.

Nisto quebrei o gargalo de uma garrafa que retirei de uma longa fileira de companheiras suas dispostas no molde.

– Bebe – falei, apresentando-lhe o vinho.

Ele o levou aos lábios olhando de soslaio. Deteve-se e aquiesceu para mim com familiaridade, ao passo que seus sinos tiniam.

– Bebo – ele disse – aos sepultados que repousam ao nosso redor.

– E eu à tua longa vida.

Ele novamente pegou meu braço e seguimos adiante.

– Esta caverna – ele disse – é extensa.

– Os Montresor – respondi – eram uma família grande e numerosa.

– Teu brasão não me vem à memória.

– Um enorme pé d'ouro humano num campo cerúleo; o pé esmaga desenfreadamente uma serpente cujas presas estão cravadas no calcanhar.

– E o lema?

– *Nemo me impune lacessit.*[3]

– Ótimo!

O vinho brilhava em seus olhos e os sinos tintilavam. Minha própria imaginação aqueceu-se com o Médoc. Passamos por paredes de ossos empilhados, com caixotes e barris misturando-se nos nichos mais recônditos das catacumbas. Detive-me novamente, e desta vez ousei pegar Fortunato pelo braço, acima do cotovelo.

– O salitre! – exclamei. – Vê, ele aumenta. Fica como mofo na caverna. Estamos sob o leito do rio. As gotas de umidade caem entre os ossos. Vem, regressemos antes que seja tarde demais. Tua tosse…

– Não é nada – ele disse. – Continuemos. Mas, antes, outro trago do Médoc.

Rompi e lhe estendi um *flaçon* de De Grave. Ele o esvaziou num fôlego. Seus olhos lampejaram com uma luz feroz. Ele riu e lançou a garrafa para cima num gesto que não entendi.

Olhei-o, surpreso. Ele repetiu o movimento, que era insólito.

– Não compreendes? – indagou.

– Não – respondi.

---

3 "Ninguém me fere impunemente", em latim. (N.E.)

– Então não és da irmandade.

– Como é?

– Não és da maçonaria.

– Sim, sim – falei. – Sim, sim.

– Tu? Impossível! Um maçom?

– Um maçom – respondi.

– Um sinal – ele pediu.

– É este – respondi, retirando uma espátula de trás das dobras de meu *roquelaire*.

– Fazes graça – ele exclamou, recuando alguns passos. – Mas prossigamos ao amontillado.

– Que seja – falei, recolocando a ferramenta no manto e novamente oferecendo-lhe meu braço. Fortunato se apoiou bastante nele. Continuamos nosso trajeto em busca do amontillado. Passamos por uma série de arcos baixos, descemos, andamos e descemos de novo, chegamos a uma cripta profunda, dentro da qual a repugnância do ar fazia nossas tochas brilharem fracas em vez de arderem.

Na extremidade mais remota da cripta apareceu outra, menos espaçosa. Suas paredes estavam enfileiradas com restos humanos, empilhados até o topo, à moda das grandes catacumbas de Paris. Três lados dessa cripta interior permaneciam adornados dessa forma. No quarto, os ossos foram jogados ao chão e repousavam de maneira indiscriminada sobre a terra, formando numa parte um monte de tamanho considerável. Com o interior da parede assim exposto pela saída dos ossos, percebíamos um recuo ainda mais interior, com profundidade de pouco mais de um metro, largura de pouco menos de um metro e altura de mais ou menos dois metros. Parecia ter sido construído sem nenhuma utilidade por si só, mas formava simplesmente o intervalo entre duas das bases colossais que sustentavam o teto das catacumbas, e era sustentado por uma das paredes circunscritas de granito sólido.

Foi em vão que Fortunato, erguendo sua tocha fraca, tentou espiar as profundezas do recuo. Seu término a luz débil não nos permitia ver.

– Prossegue – falei. – Ali dentro está o amontillado. Quanto a Luchesi...

– É um ignorante – interrompeu meu amigo, que deu um passo desequilibrado para a frente, e fui imediatamente em seu encalço. Num instante ele chegou à extremidade do nicho e, ao ver seu avanço detido pela pedra, ficou ali, estupefato. Um momento depois e o prendi ao granito. Em sua superfície havia dois pregos em "u" de ferro, com pouco mais de meio metro de distância horizontal entre eles. Num deles havia uma corrente curta presa; no outro, um cadeado. Colocando os elos em seu quadril, foi apenas questão de segundos para firmá-lo. Ele estava atônito demais para resistir. Retirando a chave, afastei-me do recuo.

– Passa a mão pela parede – falei. Não terás como não sentir o salitre. É de fato *muito* úmido. Novamente, permita-me *implorar* que retornes. Não? Então devo definitivamente deixar-te. Mas antes preciso colocar todas as tuas menores atenções em meu poder.

– O amontillado! – exclamou meu amigo, ainda sem recuperar-se de seu choque.

– Verdade – respondi. – O amontillado.

Ao dizer essas palavras, ocupei-me da pilha de ossos à qual me referi antes. Jogando-os de lado, logo revelei uma quantidade de tijolos de pedra e de argamassa. Com esses materiais e a ajuda de minha espátula, comecei a fechar vigorosamente a entrada do recuo.

Eu mal havia aplicado a primeira fileira de minha alvenaria quando descobri que a embriaguez de Fortunato havia, em grande medida, passado. O primeiro indício que tive disso foi uma lamúria baixa da profundeza do recuo. *Não era* o lamento de um bêbado. Houve então um silêncio longo e obstinado. Apliquei a segunda fileira, e a terceira e a quarta; e então, ouvi as vibrações furiosas da corrente. O barulho durou vários minutos, durante os quais, para ouvi-lo com mais satisfação, interrompi minha labuta e sentei-me sobre os ossos. Quando enfim os tinidos cessaram, prossegui com a espátula e terminei sem interrupção a quinta, a sexta e a sétima fileiras. A parede agora estava quase na altura de meu peito. Parei novamente e, colocando a tocha sobre a alvenaria, lancei alguns raios fracos à figura ali dentro.

Uma sucessão de gritos altos e agudos, expelidos de repente pela garganta da forma acorrentada, pareceu lançar-me para trás violentamente. Por um breve momento hesitei; tremi. Desembainhando minha rapieira, comecei a tatear o recuo com ela; mas um pensamento de um instante recuperou minha segurança. Coloquei minha mão no tecido sólido das catacumbas e fiquei satisfeito. Reaproximei-me da parede. Respondi aos gritos dele, que clamava. Reecoava-o; ajudava-o; superava-o em volume e em força. Fiz isso, e o clamador parou.

Era agora meia-noite, e minha tarefa estava quase no fim. Havia terminado a oitava, a nona e a décima fileiras. Terminei uma porção da décima primeira e última; restava apenas um único tijolo para encaixar e cimentar. Precisei esforçar-me com seu peso; coloquei-o parcialmente na posição destinada a ele. Mas veio então do recuo uma risada grave que arrepiou os cabelos sobre minha cabeça. Foi seguida por uma voz triste, que tive dificuldade em reconhecer como a do nobre Fortunato. A voz dizia:

– Hahaha! Hehehe! Uma piada muito boa, sem dúvida… uma zombaria excelente. Riremos muito disso no *palazzo*… Hehehe! Com nosso vinho… Hehehe!

– O amontillado! – eu disse.

– Hehehe! Hehehe! Sim, o amontillado. Mas não está ficando tarde? Não somos esperados no *palazzo*, pela Dama Fortunato e os demais? Partamos.

– Sim – falei. – Partamos.

– *Pelo amor de Deus, Montresor!*

– Sim – respondi –, pelo amor de Deus!

Mas a essas palavras esperei em vão por uma resposta. Fiquei impaciente. Chamei alto:

– Fortunato!

Sem resposta. Chamei novamente:

– Fortunato!

Ainda sem resposta. Coloquei uma tocha através da abertura restante e deixei que caísse ali dentro. O que veio depois em resposta foi apenas um tinido dos sinos. Meu coração estava nauseado, devido à umidade das catacumbas. Apressei-me para finalizar minha labuta. Forcei o último tijolo em sua posição. Cimentei-o. À frente da nova alvenaria reergui o antigo compartimento de ossos. Pela metade de um século, nenhum mortal os perturbou. *In pace requiescat!*[4]

---

4   "Repouse em paz", em latim. (N.E.)

Os assassinatos da rua Morgue

Que canção cantavam as sirenas, ou que nome Aquiles adotou ao esconder-se entre mulheres, embora questões intrigantes, não se isentam de toda e qualquer conjectura.
Sir Thomas Browne

As faculdades mentais apresentadas como analíticas são, em si, pouco suscetíveis a análise. Observamo-las apenas em seus efeitos. Sobre elas, sabemos, entre outras cousas, que sempre são àqueles que as possuem, quando a posse é desmedida, uma fonte de deleite deveras vigoroso. Assim como o atleta de força se regozija com suas habilidades físicas, deliciando-se com exercícios que fazem os músculos agirem, gaba-se o analista na atividade moral que *desemaranha*. Ele obtém prazer mesmo das ocupações mais triviais que façam uso de seus talentos. Ele é afeito a enigmas, a charadas, a hieróglifos; exibindo em cada solução um grau de *perspicácia* que à percepção comum parece sobrenatural. Seus resultados, obtidos com toda a alma e essência do método, têm, na verdade, todos os ares de intuição.

A habilidade de resolução é possivelmente muito estimulada pelo estudo da matemática, em especial por aquele ramo dos mais elevados que, injusta e meramente por causa de suas operações retrógradas, foi denominado, como que por excelência, análise. No entanto, calcular não é em si analisar. Um enxadrista, por exemplo, executa um sem esforçar-se no sentido do outro. Por conseguinte, o xadrez, no que diz respeito a seus efeitos no caráter mental, é compreendido de forma profundamente equivocada. Não escrevo aqui um tratado; simplesmente prefacio uma narrativa um tanto peculiar com observações completamente aleatórias; aproveitarei a ocasião, portanto, para afirmar que os poderes elevados do intelecto reflexivo são aplicados de modo mais definitivo e útil pelo despretensioso jogo de damas do que por toda a frivolidade requintada do xadrez. No segundo, no qual as peças têm movimentos diferentes e *bizarros*, com valores variados e variáveis, o que é meramente complexo é confundido (um erro nada incomum) com o que é profundo. A *atenção* no caso é convocada com toda a potência. Se ela afrouxar por um instante, comete-se um descuido, que resulta em danos ou derrota. Como os movimentos possíveis são não apenas múltiplos, mas também intrincados, as chances de tais descuidos se multiplicam e, em nove entre dez casos, é o jogador mais concentrado, não o mais perspicaz, que obtém a conquista. Em contraste, no jogo de damas, em que os movimentos são únicos e apresentam pouca variação, a probabilidade de descuido é diminuída e, com a mera atenção pouquíssimo empregada comparativamente, as vantagens obtidas por qualquer uma das partes o são por uma *perspicácia* superior. Sejamos menos abstratos: suponhamos um jogo de damas no qual as peças são reduzidas a quatro damas e no qual, é claro, não se esperam descuidos. É óbvio que nesse caso a vitória só pode ser decidida (com os jogadores em posição semelhante) por algum movimento elaborado, o resultado de um grande esforço do intelecto. Desprovido de recursos comuns, o analista se lança no espírito de seu oponente, identifica-se a partir dessa perspectiva e assim, não raramente, enxerga, de relance, os únicos métodos (às vezes absurdamente simples) pelos quais pode, pela sedução ou pela pressa, induzir o outro ao erro.

O uíste há muito se destaca por sua influência no que é denominado poder de cálculo; e sabe-se que homens da mais alta estirpe intelectual aparentemente obtêm prazer inexplicável com o jogo, ao passo que evitam o xadrez, considerando-o frívolo. Sem dúvida não há nada de natureza similar que demande tanto da faculdade analítica. O melhor enxadrista do mundo cristão *talvez* seja algo além de o melhor jogador, mas a proficiência no uíste envolve a habilidade de ter sucesso em todas as tarefas mais importantes nas quais há uma batalha entre mente e mente. Quando digo proficiência, refiro-me à perfeição no jogo que inclui uma compreensão de *todas* as fontes das quais se pode obter uma vantagem legítima. Essas são múltiplas não apenas em número como também em forma, e muitas vezes repousam em profundezas do pensamento totalmente inacessíveis à compreensão ordinária. Observar com atenção é recordar com distinção e, até então, o enxadrista concentrado teria um bom desempenho no uíste; ao passo que as regras de Edmond Hoyle (elas próprias baseadas nas mecânicas do jogo em si) são geral e suficientemente inteligíveis. Portanto, ter uma memória de alta retenção e agir "de acordo com o manual" são aspectos normalmente considerados como os elementos que, somados, constituem o jogar bem. Mas é em questões além dos limites das meras regras que a perícia do analista se evidencia. Ele faz, em silêncio, uma porção de observações e inferências. Assim como fazem, talvez, seus companheiros, e a diferença no grau da informação obtida reside menos na validade da inferência e mais na qualidade da observação. O conhecimento necessário é *o que* observar. Nosso jogador não se confina de forma alguma; assim como não rejeita, sob a lógica de que o jogo é o objeto, deduções de cousas externas ao jogo. Ele examina o semblante de seu parceiro, comparando-o cuidadosamente com o de cada um de seus adversários. Pondera sobre o modo de ordenar as cartas em cada mão – geralmente contando trunfo a trunfo e ases e figuras – a partir dos olhares lançados pelos respectivos detentores para cada uma. Ele nota cada variação do rosto conforme o jogo avança, montando uma reserva de pensamentos com base nas diferenças na expressão de certeza, surpresa, triunfo ou decepção. A partir do modo com que se baixam as cartas, ele determina se a pessoa que levou a jogada pode baixar outra carta do mesmo naipe. Ele reconhece o que é jogado como finta pelo ar com o qual a carta é baixada sobre a mesa. Uma palavra casual ou inadvertida; uma queda ou revelação acidental de carta, seguida pela ansiedade ou descuido para manter a informação escondida; a contagem de cartas baixadas, com a ordem de disposição; constrangimento, hesitação, avidez ou trepidação... tudo rende, à sua percepção aparentemente intuitiva, indicações do verdadeiro estado da partida. Concluídas as primeiras duas ou três rodadas, ele dispõe de completo conhecimento do conteúdo de cada mão e passa a baixar suas cartas com absoluta precisão de objetivo, como se o restante do grupo jogasse com as cartas viradas para fora.

O poder analítico não deve ser confundido com simples engenhosidade, pois, ao passo que o analista é necessariamente engenhoso, o sujeito engenhoso é muitas vezes notavelmente incapaz de análise. O poder construtivo e combinatório pelo qual em geral se manifesta a engenhosidade – e ao qual os frenólogos (incorretamente, creio eu) atribuíram um órgão separado, considerando-o uma habilidade primitiva – foi tantas vezes visto em indivíduos cujo intelecto, em outros aspectos, aproxima-se da estupidez, que o fato atraiu a atenção geral de escritores sobre os costumes. Entre a engenhosidade e a habilidade analítica existe mesmo uma diferença muito maior do que entre a fantasia e a imaginação, mas de característica muito estritamente análoga. Conclui-se, inclusive, que os engenhosos são sempre fantasiadores, e que os *genuinamente* imaginativos nunca são nada além de analíticos.

A narrativa que se segue parecerá ao leitor um comentário acerca das postulações antes apresentadas.

Ao morar em Paris durante a primavera e parte do verão de 18—, conheci lá o *monsieur* C. Auguste Dupin. Esse jovem cavalheiro era de uma família excelente – ilustre, inclusive –, mas, em razão de uma série de eventos adversos, fora reduzido a tamanha pobreza que a energia de seu caráter sucumbia sob ela, de modo que ele parou de mover-se pelo mundo ou de se preocupar com a recuperação de sua fortuna. Por cortesia de seus credores, ainda havia em sua posse uma diminuta porção de seu patrimônio e, com a renda obtida dele, ele conseguia, por meio de economia rígida, tratar das necessidades da vida, sem preocupar-se com superfluidades. Livros eram, de fato, seu único luxo, e em Paris é fácil obtê-los.

Nosso primeiro encontro foi numa biblioteca obscura na rua Montmartre, onde o acaso de ambos buscarmos o mesmo volume muitíssimo raro e muitíssimo notável nos aproximou. Vimo-nos de novo e de novo. Fiquei profundamente interessado no breve histórico familiar que ele detalhou para mim com toda a sinceridade que um francês esbanja quando tem a si mesmo como assunto. Também fiquei espantado com a vasta extensão de suas leituras e, acima de tudo, senti minha alma acesa dentro de mim pelo fervor indômito e pelo frescor vivaz de sua imaginação. Buscando em Paris os objetos que naquele momento eu buscava, tinha a impressão de que a sociedade com um homem como aquele seria, para mim, um tesouro sem preço, impressão essa que dividi com ele de maneira franca. Finalmente, foi acertado para que morássemos juntos durante minha estada na cidade e, como minhas circunstâncias mundanas eram ligeiramente menos constrangedoras do que as dele, permitiu-se que eu alugasse – e decorasse com um estilo adequado à melancolia um tanto fantástica que compartilhávamos – uma mansão grotesca e carcomida pelo tempo, há muito abandonada devido a superstições sobre as quais não perguntamos e cambaleando rumo à própria ruína numa área afastada e abandonada do distrito de Faubourg St. Germain.

Se a rotina de nossa vida nesse local fosse de conhecimento do mundo, seríamos considerados loucos – embora, talvez, loucos de natureza inofensiva. Nossa reclusão era completa. Não recebíamos visitas. Além disso, nosso local de retiro foi cuidadosamente preservado como segredo a meus antigos colegas, e havia muitos anos que Dupin deixara de explorar Paris e nela ser conhecido. Existíamos apenas entre nós.

Era um capricho fantasioso de meu amigo (pois como mais chamaria?) enamorar-se da Noite por si própria; e nessa bizarrice, bem como em todas as outras, caí em silêncio, entregando-me às suas extravagâncias desvairadas com perfeito *abandono*. A divindade sombria não ficava conosco o tempo todo, mas podíamos forjar sua presença. Ao primeiro raio de sol matinal, fechávamos as venezianas sólidas de nosso velho prédio, acendendo algumas velas que, com perfume forte, lançavam feixes dos mais fracos e espectrais. Com a ajuda delas, então, ocupávamos nossa alma em sonho – lendo, escrevendo ou conversando – até sermos alertados pelo relógio do advento das Trevas legítimas. Então saíamos pelas ruas, de braços dados, prosseguindo com os assuntos do dia ou vagando a longas distâncias até tarde, buscando, entre as luzes e sombras descontroladas da cidade populosa, aquela infinidade de excitação mental que a observação em silêncio é capaz de prover.

Em momentos assim, eu não conseguia deixar de notar e admirar (embora tivesse aprendido a esperar de sua idealização próspera) uma habilidade analítica peculiar em Dupin. Ele também parecia deleitar-se com avidez no exercício dela – se não mais precisamente em sua exibição – e não hesitava em confessar o prazer obtido. Ele se gabou para mim, com um riso baixo, que a maioria dos homens, para ele, tinha janelas no peito, e pôde apresentar após essa afirmação provas diretas e bastante surpreendentes de seu conhecimento íntimo a meu respeito. Seu comportamento nesses momentos era frígido e abstrato; seus olhos tinham uma expressão vaga; ao passo que sua voz, normalmente um tenor encorpado, subia para um tom agudo que soaria petulante não fosse a forma deliberada e inteiramente distinta de enunciação. Ao observá-lo com esse humor, eu muitas vezes meditava a respeito da antiga filosofia da Alma Bipartida, e divertia-me com a noção de um Dupin duplo: o criativo e o resolutivo.

Não se deve supor, a partir do que acabo de dizer, que eu esteja detalhando um mistério ou redigindo um romance. O que descrevi no francês foi mero resultado de uma inteligência animada ou talvez enferma. Mas, no tocante ao caráter de suas observações nos momentos em questão, um exemplo transmitirá melhor a ideia.

Certa noite, caminhávamos por uma rua longa e suja nas redondezas do Palais Royal. Dado que ambos estávamos, aparentemente, ocupados com nossos próprios pensamentos, nenhum dos dois proferiu uma sílaba sequer por no mínimo quinze minutos. De repente, Dupin rompeu o silêncio com estas palavras:

– Ele é um sujeito bem pequeno, é fato, e estaria melhor no Théâtre des Variétés.

– Não há dúvida disso – respondi, irreflexivo, sem inicialmente observar (tanto que estava absorto em pensamentos) o modo extraordinário com o qual o emissor interveio em minhas ponderações. No instante seguinte, já me tinha recomposto e meu espanto foi profundo.

– Dupin – falei, sério. – Isso está além de minha compreensão. Não hesito em dizer que estou pasmo e mal posso acreditar em meus sentidos. Como é possível que soubesses que eu pensava em —————? – Nisso me detive, a fim de averiguar sem sombra de dúvida se ele sabia mesmo em quem eu pensava.

– ————— de Chantilly – ele disse. – Por que te interrompeste? Afirmavas contigo mesmo que a compleição diminuta dele era inadequada para tragédias.

Era precisamente o que compunha o objeto de minha reflexão. Chantilly era um antigo sapateiro da rua St. Denis que, ao tornar-se obcecado pelos palcos, havia tentado o papel de Xerxes na tragédia homônima de Crébillon e fora notoriamente pasquinado por seus esforços.

– Conta-me, pelos Céus – exclamei –, o método, se é que há método, pelo qual pudeste penetrar minha alma nesse assunto. – Eu estava, na verdade, ainda mais espantado do que me dispus a expressar.

– Foi o fruteiro – respondeu meu amigo – que te levou à conclusão de que o reparador de solas não tem altura suficiente para Xerxes *et id genus omne*.[5]

– O fruteiro! Tu me deixas abismado… Não sei nada de fruteiro algum.

– O sujeito que deu um encontrão em ti quando entramos na rua; deve ter sido há quinze minutos.

Lembrei então que, de fato, um fruteiro, levando na cabeça uma cesta de maçãs grande, quase me levara ao chão, por acidente, quando passávamos da rua c————— à via na qual nos en-

---

5 "E todos os de seu gênero", em latim. (N.E.)

contrávamos, mas o que isso tinha a ver com Chantilly eu não conseguia entender de maneira alguma.

Não havia uma partícula sequer de charlatanismo em Dupin.

– Explico – ele disse. – E para que compreendas com clareza, primeiro retracemos o curso de tuas meditações, do momento em que falei contigo até o do encontro com o fruteiro em questão. Os elos maiores da corrente são os seguintes: Chantilly, Órion, o dr. Nichols, Epicuro, estereotomia, paralelepípedos, o fruteiro.

Há poucas pessoas que nunca, em algum momento de suas vidas, se entretiveram ao refazer os passos com os quais conclusões em particular de suas mentes foram obtidas. É uma ocupação muitas vezes deveras interessante, e quem a tenta pela primeira vez fica atônito com a aparente distância e incoerência ilimitadas entre o ponto de partida e o de chegada. Qual, então, não foi minha surpresa quando ouvi o francês falar o que tinha acabado de dizer, e quando não pude deixar de reconhecer que ele falara a verdade. Ele continuou:

– Falávamos de cavalos, se bem me lembro, logo antes de deixarmos a rua c———. Esse foi o último assunto que discutimos. Conforme entrávamos nessa rua, um fruteiro, com uma cesta grande na cabeça, atravessou nosso caminho com brusquidão, jogou-te numa pilha de paralelepípedos retirados de uma área da via sob reparos. Tu pisaste numa dessas pedras soltas, escorregaste, distendeste o tornozelo ligeiramente, ficaste com aparência aborrecida ou mal-humorada, murmuraste algumas palavras, viraste-te para observar a pilha e seguiste em silêncio. Não atentei em particular para o que fizeste, mas a observação tornou-se para mim, ultimamente, uma espécie de necessidade.

"Mantiveste os olhos no chão; fitando, com expressão ressentida, os buracos e frestas no pavimento, de modo que notei que ainda pensavas nos paralelepípedos, até que chegamos ao pequeno beco chamado Lamartine, que foi pavimentado experimentalmente com blocos sobrepostos e rebitados. Nesse momento, teu semblante se iluminou e, notando o movimento de teus lábios, não tive dúvidas de que murmuraste a palavra 'estereotomia', um termo usado afetadamente para descrever esse tipo de pavimento. Sabia que não conseguirias falar 'estereotomia' para ti mesmo sem depois pensar em átomos e, como consequência, nas teorias de Epicuro. E como, quando discutimos esse assunto há não muito tempo, mencionei a ti a forma singular, no entanto despercebida, que as conjecturas vagas do nobre grego foram confirmadas na cosmogonia nebulosa posterior, senti que não poderias evitar de levar teus olhos ao alto, à grande nebulosa em Órion, e certamente esperava que o fizesses. De fato, olhaste para cima; e então fui assegurado de que seguira teus passos corretamente. Contudo, naquele discurso amargurado acerca de Chantilly, que apareceu no '*Musée*' de ontem, o satirista, fazendo alusões vergonhosas à mudança de nome do sapateiro ao entrar para o drama, citou uma frase em latim sobre a qual conversamos muitas vezes. Refiro-me à frase '*Perdidit antiquum litera prima sonum*'.[6]

"Contei-te que isso era uma referência a Órion, antes grafado Urion, e, a partir de certas agudezas conectadas a essa explicação, tinha ciência de que tu não podias ter esquecido o fato. Era evidente, portanto, que não deixarias de combinar as duas ideias de Órion e Chantilly. Que as combinaste pude ver pelo aspecto do sorriso que passou em teus lábios. Pensaste na imolação do pobre sapateiro. Até então, caminhavas curvado, mas depois disso vi-te deixar tua postura ereta. Tive então certeza de que refletias a respeito da compleição diminuta de Chantilly. Nesse instante, interrompi tuas meditações para observar que, de fato, ele *era* um sujeito deveras pequeno... que Chantilly... ele estaria melhor no Théâtre des Variétés."

---

6 "Desde a Antiguidade, perdeu o som da primeira letra", em latim. (N.E.)

Não muito depois disso, olhávamos a edição vespertina da *Gazette des Tribunaux* quando os seguintes parágrafos prenderam nossa atenção:

Assassinatos extraordinários. – Esta manhã, aproximadamente às três horas, os habitantes do distrito de St. Roch foram despertos do sono por uma sucessão de gritos terríveis, oriundos, aparentemente, do quarto andar de uma casa na rua Morgue, ocupada apenas, pelo que se sabe, por *madame* L'Espanaye e sua filha, *mademoiselle* Camille L'Espanaye. Após certa demora, causada por uma tentativa infrutífera de entrar do modo usual, o portão foi arrombado com um pé de cabra, e oito ou dez dos vizinhos entraram, acompanhados por dois gendarmes. A essa altura, os gritos haviam parado; todavia, conforme o grupo corria pelo primeiro lance de escadas, duas ou mais vozes ásperas, numa contenda furiosa, foram percebidas, e pareciam vir da parte superior da casa. Ao chegarem ao segundo andar, também esses sons pararam, e tudo permaneceu totalmente quieto. O grupo se espalhou e correu de quarto em quarto. Ao atingirem uma grande câmara nos fundos do quarto andar (cuja porta, encontrada trancada e com a chave dentro, foi arrombada), um espetáculo se apresentou, o qual atingiu todos os presentes tanto com horror como com perplexidade.

O apartamento estava na maior desordem: a mobília, quebrada e jogada para todos os lados. Havia apenas uma cama, da qual o colchão tinha sido removido e jogado no meio do chão. Na cadeira, repousava uma navalha, lambuzada de sangue. No chão da lareira havia duas ou três mechas longas e espessas de cabelo humano grisalho, também borrifadas de sangue e aparentemente arrancadas pelas raízes. No chão foram encontrados quatro napoleões, um brinco de topázio, três colheres de prata grandes, três menores de *métal d'Alger* e dois sacos contendo quase quatro mil francos em ouro. As gavetas de um *bureau*, que estava num canto, estavam abertas e, aparentemente, haviam sido reviradas, embora muitos artigos ainda permanecessem nelas. Um cofre de ferro pequeno foi descoberto sob o *colchão* (não sob a cama). Estava aberto, com a chave ainda na porta. Não havia conteúdo além de algumas cartas velhas e outros papéis de pouca importância.

De *madame* L'Espanaye não foram encontrados rastros; mas, ao notar-se quantidade atípica de fuligem na lareira, foi realizada uma busca na chaminé e (horrorizamo-nos ao relatar!) o corpo da filha, virado com a cabeça para baixo, foi retirado de dentro dela; ele foi, portanto, forçado pela abertura estreita para cima por uma distância considerável. O corpo estava bastante morno. Ao examiná-lo, perceberam-se muitas escoriações, sem dúvida causadas pela violência com a qual ela foi enfiada e retirada. No rosto havia vários arranhões e, na garganta, hematomas escuros e marcas profundas de unhas, como se a falecida tivesse sido estrangulada até a morte.

Depois de investigação extensa em todas as partes da casa, sem mais descobertas, o grupo foi a um pequeno pátio pavimentado nos fundos do prédio, onde se encontrava o cadáver da velha dama, com a garganta tão completamente cortada que, numa tentativa de levantá-la, a cabeça caiu. O corpo e a cabeça tinham sido mutilados de forma horrenda – de tal modo que o primeiro quase não mantinha nada que remetesse a algo humano.

Para esse mistério horrível ainda não há, cremos, a menor pista.

O jornal do dia seguinte trazia estes detalhes adicionais:

A tragédia na rua Morgue. Muitos indivíduos foram examinados com relação a esse *affaire* tão extraordinário e apavorante *[a palavra "affaire", na França, ainda não tem a leveza que possui na língua inglesa]*, mas absolutamente nada foi revelado que trouxesse luz à questão. Fornecemos a seguir todo o material que os depoimentos extraíram.

Pauline Dubourg, lavadeira, depôs que conhecia as falecidas havia três anos, e lavou a roupa delas durante esse período. A velha senhora e a filha pareciam ter boa relação; eram bem afetuosas uma com a outra. Pagavam muito bem. Não podia dizer nada a respeito de como viviam ou se sustentavam. Achava que *madame* L. ganhava dinheiro lendo a sorte. Era conhecida por ter dinheiro guardado. Nunca viu outras pessoas na casa quando vinha devolver as roupas ou levá-las para casa. Tinha certeza de que não empregavam serviçais. Não parecia haver mobília em nenhuma parte do prédio, com exceção do quarto andar.

Pierre Moreau, vendedor de tabaco, depôs que estava acostumado a vender pequenas quantidades de fumo e de tabaco em pó a *madame* L'Espanaye havia quase quatro anos. Nasceu na vizinhança e sempre morou lá.

A falecida e a filha ocupavam por mais de seis anos a casa na qual foram encontrados os corpos. Era antes ocupada por uma joalheira, que sublocava os quartos de cima a várias pessoas. A casa era de propriedade de *madame* L., que ficou descontente com o abuso do recinto pela inquilina e mudou-se para o lugar, recusando-se a alugar qualquer outra parte. A velha senhora era ingênua. Testemunhas viram a filha mais ou menos cinco ou seis vezes durante esses seis anos. As duas tinham uma vida excessivamente reclusa. Dizia-se que tinham dinheiro. Ouviu dizer de vizinhos que *madame* L. lia a sorte; não acreditava nisso. Nunca viu ninguém entrar pela porta, exceto a velha senhora, a filha, um mensageiro – uma ou duas vezes – e um médico – mais ou menos oito ou dez vezes.

Muitas outras pessoas, vizinhas, deram relatos semelhantes. Não foi mencionado ninguém que frequentasse a casa. Não se sabia se havia parentes vivos de *madame* L. e de sua filha. As venezianas das janelas frontais raramente eram abertas. As dos fundos estavam sempre fechadas, com exceção do quarto grande dos fundos no quarto andar. A casa era boa, não muito velha.

Isidore Musèt, gendarme, depôs que foi chamado à casa aproximadamente às três da manhã e encontrou cerca de vinte ou trinta pessoas ao portão, empenhadas na tentativa de entrar. Arrombaram-no, finalmente, com uma baioneta – não um pé de cabra. Tiveram pouca dificuldade para abri-lo, pelo fato de ser um portão duplo ou dobrável, sem ferrolhos em cima ou embaixo. Os gritos continuaram até que o portão foi forçado... depois cessaram repentinamente.

Pareciam gritos de uma pessoa (ou mais de uma pessoa) em grande agonia; eram altos e prolongados, não curtos e rápidos. A testemunha subiu as escadas primeiro. Ao chegar ao primeiro andar, ouviu duas vozes numa discussão alta e acalorada: uma voz rouca e outra muito mais aguda… uma voz muito estranha. Ele pôde distinguir algumas palavras da primeira voz, que era de um francês. Tinha certeza de que não era a voz de uma mulher. Distinguiu as palavras *"sacré"* e *"diable"*. A voz aguda era de uma pessoa estrangeira. Não tinha certeza se era de um homem ou uma mulher. Não conseguiu discernir o que dizia, mas acreditava que a língua era o espanhol. O estado do quarto e dos corpos foi descrito por essa testemunha do modo como descrevemos ontem.

Henri Duval, vizinho e prateiro por ofício, depôs que foi um dos primeiros do grupo a entrar na casa. Corrobora com o relato de Musèt no geral. Assim que forçaram a entrada, fecharam a porta novamente, a fim de deter a multidão, que se acumulou muito rapidamente, apesar de ser muito tarde. A voz aguda, pensa a testemunha, era de um italiano. Estava certo de não ser francesa. Não tinha certeza de que era a voz de um homem. Poderia ser de uma mulher. Não tinha familiaridade com o idioma italiano. Não conseguiu distinguir as palavras, mas tinha convicção, pela entonação, de que a pessoa que falava era da Itália. Conhecia *madame* L. e a filha. Conversava com as duas com frequência. Tinha certeza de que a voz aguda não era de nenhuma das falecidas.

—— *Odenheimer, restaurateur.* Essa testemunha fez seu relato voluntariamente. Por não falar francês, foi interrogado com um intérprete. É nativo de Amsterdã. Passava pela casa na hora dos gritos. Eles duraram vários minutos – provavelmente dez. Eram longos e altos; muito terríveis e perturbadores. Foi um dos que entraram no prédio. Corroborou o relato anterior em todos os aspectos, menos um. Tinha certeza de que a voz aguda era de um homem, de um francês. Não conseguiu discernir as palavras pronunciadas. Eram altas e rápidas – irregulares –, falando aparentemente tanto com medo como com raiva. A voz era ríspida; mais ríspida do que aguda. Não chamaria de uma voz aguda. A voz rouca disse "*sacré*" e "*diable*" repetidamente e uma vez: "*mon Dieu*".

Jules Mignaud, banqueiro, da firma Mignaud et Fils, na rua Deloraine. É o primogênito dos Mignaud. *Madame* L'Espanaye tinha algumas propriedades. Abrira uma conta em seu banco na primavera do ano de —— (oito anos antes). Fazia depósitos frequentes em quantias pequenas. Nunca tinha feito saques até três dias antes de sua morte, quando retirou pessoalmente a soma de quatro mil francos. A soma foi paga em ouro e um funcionário foi à casa com o dinheiro.

Adolphe Le Bon, funcionário da Mignaud et Fils, depôs que, no dia em questão, aproximadamente ao meio-dia, acompanhou *madame* L'Espanaye à residência dela com os quatro mil francos, colocados em dois sacos. Ao abrir a porta, *mademoiselle* L. apareceu e pegou de suas mãos um dos sacos, enquanto a velha senhora pegava o outro. Ele então fez uma reverência e partiu. Não viu nenhuma pessoa na rua no horário. É uma rua menor; bastante solitária.

William Bird, alfaiate, depôs que foi um dentre os integrantes do grupo que entraram na casa. É inglês.

Mora em Paris há dois anos. Foi um dos primeiros a subir as escadas. Ouviu as vozes discutindo. A voz rouca era de um francês. Conseguiu distinguir várias palavras, mas agora não se lembra de todas. Ouviu distintamente "*sacré*" e "*mon Dieu*". Houve um som no momento, como se várias pessoas se debatessem – um som de arranhões e brigas. A voz aguda era bem alta; mais alta do que a rouca. Tem certeza de que a voz não era de um inglês. Parecia ser de um alemão. Podia ser a voz de uma mulher. Não entende alemão. Ao serem questionadas, quatro das testemunhas supracitadas depuseram que a porta do aposento no qual o corpo de *mademoiselle* L. foi encontrado estava trancada por dentro quando o grupo chegou. Tudo estava em completo silêncio – sem gemidos ou barulhos de qualquer tipo. Ao arrombar a porta, não havia ninguém à vista. As janelas, tanto do quarto da fachada como as dos fundos, estavam baixadas e bem presas por dentro. Uma porta entre os dois quartos estava fechada, mas não trancada. A porta que levava do quarto da frente ao corredor estava trancada, com a chave do lado interno. Um cômodo pequeno na parte frontal da casa, no quarto andar, no começo do corredor, estava aberto, com a porta entreaberta. Esse quarto estava cheio de colchões velhos, caixas e cousas do tipo. Os objetos foram cuidadosamente retirados e revistados. Não houve um centímetro da casa que não tenha sido cuidadosamente investigado. Limpadores subiram e desceram pelas chaminés. A casa tinha quatro andares com sótão de *mansardes*. Um alçapão no telhado estava afixado com pregos bem firmes; não parecia ter sido aberto há anos.

O tempo passado entre ouvirem-se as vozes discutindo e o arrombamento da porta variava de acordo com o relato das testemunhas. Alguns diziam que foram apenas três minutos; outros, que foram até cinco. A porta foi aberta com dificuldade.

Alfonzo Garcio, agente funerário, depôs que reside na rua Morgue. É nativo da Espanha. Fez parte do grupo que entrou na casa. Não subiu as escadas. Sofre de nervosismo e ficou apreensivo com as consequências da comoção. Ouviu as vozes discutindo. A voz rouca era de um francês. Não conseguiu identificar o que foi dito. A voz aguda era de um inglês; tem certeza disso. Não domina o idioma inglês, mas conclui isso pela entonação.

Alberto Montani, confeiteiro, depôs que foi um dos primeiros a subir as escadas. Ouviu as vozes em questão. A voz rouca era de um francês. Distinguiu várias palavras. O emissor parecia fazer uma objeção. Não conseguia entender as palavras da voz aguda. Falava de maneira rápida e irregular. Acha que era a voz de um russo. Corrobora com os relatos dos demais. É italiano. Nunca conversou com um russo nativo.

Muitas testemunhas, ao serem questionadas, relataram que as chaminés de todos os aposentos do quarto andar eram estreitas demais para permitir a passagem de um ser humano. Quando diziam "limpadores", referiam-se a espanadores cilíndricos, do tipo que se usa para limpar chaminés. Esses espanadores foram colocados por cima e por baixo de todos os dutos na casa. Não há passagem nos fundos pela qual alguém poderia ter descido enquanto o grupo subia as escadas. O corpo de *mademoiselle* L'Espanaye estava tão entalado na chaminé que não pôde ser retirado até quatro ou cinco membros do grupo unirem forças.

Paul Dumas, médico, depôs que foi chamado para ver os corpos ao amanhecer. Ambos repousavam no enxergão da armação da cama, nos aposentos onde *mademoiselle* L. foi encontrada. O cadáver da jovem estava muito ferido e escoriado. O fato de ter sido enfiado na chaminé seria motivo suficiente para essa aparência. A garganta estava bastante esfolada. Havia vários arranhões profundos logo abaixo do queixo, junto a uma série de manchas roxas que eram evidentes marcas de dedos. O rosto estava pavorosamente sem cor e os olhos estavam saltados. A língua fora em parte mordida em toda a sua extensão. Um hematoma grande foi descoberto na barriga, aparentemente produzido pela pressão de um joelho. Na opinião de *monsieur* Dumas, *mademoiselle* L'Espanaye fora estrangulada até a morte por uma ou mais pessoas desconhecidas. O corpo da mãe estava horrendamente mutilado. Todos os ossos da perna e braço direitos estavam quase estilhaçados. A tíbia esquerda estava lascada, assim como todas as costelas do lado esquerdo. O corpo todo estava horrendamente contundido e sem cor. Não era possível determinar como as feridas ocorreram. Um porrete de madeira pesado, ou uma barra de ferro larga, uma cadeira... qualquer arma grande, pesada e obtusa poderia ter produzido esses resultados, nas mãos de um homem muito forte. Nenhuma mulher poderia ter dado os golpes com nenhuma arma. A cabeça da falecida, quando vista pela testemunha, estava separada por completo do corpo e também estava extremamente estilhaçada. Era óbvio que a garganta fora cortada com um instrumento bastante afiado – provavelmente com uma navalha.

Alexandre Etienne, cirurgião, foi chamado junto a *monsieur* Dumas para examinar os corpos. Corroborou o relato e as opiniões de *monsieur* Dumas.

Mais nada de importante foi levantado, embora várias outras pessoas tenham sido interrogadas. Um assassinato tão misterioso e tão confuso quanto a seus detalhes nunca fora cometido em Paris; se é que de fato tenha sido assassinato. A polícia está completamente desorientada – uma ocorrência incomum em casos dessa natureza. Não há, porém, nenhuma pista aparente.

A edição vespertina do jornal afirmava que a maior comoção ainda ocorria no distrito de St. Roch; que o local em questão tinha sido cuidadosamente revistado mais uma vez e que novas entrevistas a testemunhas foram realizadas, mas tudo em vão. Um *post scriptum,* porém, mencionava que Adolphe Le Bon fora detido e preso, embora nada parecesse incriminá-lo, além dos fatos já detalhados.

Dupin parecia excepcionalmente interessado em como esse caso avançava... pelo menos era o que eu concluía por seu comportamento, pois ele não tecia comentários. Foi apenas depois do anúncio de que Le Bon havia sido preso que ele pediu minha opinião a respeito dos assassinatos.

Apenas pude concordar com o restante de Paris e considerá-los um mistério impossível de se resolver. Não via de que modo seria possível rastrear o assassino.

– Não devemos julgar o modo – disse Dupin – a partir dessa mera carcaça de investigação. A polícia parisiense, tão exaltada por sua *perspicácia,* é sagaz, mas nada mais do que isso. Não há método em seus procedimentos além do método do momento. Realizam um festival de medidas; mas, não raramente, são tão mal-adaptados aos objetos em questão que nos fazem pensar em *monsieur* Jourdain pedindo seu *robe-de-chambre* para ouvir melhor a música.[7] Não são poucas as vezes em que os resultados obtidos por eles são surpreendentes, mas são, na maior parte, obtidos por simples diligência e atividade. Quando tais qualidades são infrutíferas, seus planos não dão certo. Vidocq, por exemplo, tinha bons palpites e era perseverante. Mas, sem um pensamento instruído, ele errava de modo contínuo pela própria intensidade de suas investigações. Ele prejudicava sua visão segurando o objeto próximo demais de si mesmo. Ele talvez visse um ou outro aspecto com clareza atípica; mas, ao fazê-lo, necessariamente perdia de vista a questão como um todo. Portanto, é possível aprofundar-se demais. A verdade nem sempre está num poço. Na verdade, com relação ao conhecimento mais importante, creio que ela seja invariavelmente superficial. A profundeza reside nos vales em que a buscamos, e não nos picos de montanha onde a encontramos. As formas e fontes dessa variedade de erro são bem tipificadas na contemplação de corpos celestes. Olhar uma estrela por relances – vendo-a pelo canto do olho, de modo a usar a parte externa da *retina* (mais sensível a impressões fracas de luz do que a interna) – é contemplar a estrela de um jeito distinto. É ter a melhor apreciação de seu esplendor, esplendor esse que enfraquece na mesma proporção que lhe voltamos nossa visão *por completo*. Mais raios efetivamente recaem sobre o olho no segundo caso, mas, no primeiro, há uma capacidade mais refinada para a compreensão. Com profundidade indevida, confundimos e debilitamos o pensamento; e é possível fazer até mesmo Vênus desvanecer do

---

7   Alusão à peça *Le Bourgeois gentilhomme*, de Molière. (N.E.)

firmamento com uma perscrutação demasiado prolongada, concentrada ou direta.

"Quanto a esses homicídios, façamos uma investigação nós mesmos antes que formemos opinião a seu respeito. Um inquérito nos trará entretenimento. – Achei esse um termo estranho, aplicado assim, mas não disse nada. – Além disso, Le Bon uma vez me prestou um serviço pelo qual não me falta gratidão. Iremos e veremos o local com nossos próprios olhos. Conheço G———, o chefe de polícia, e não devo ter dificuldade para obter as permissões necessárias."

Obtivemos a permissão e nós fomos imediatamente à rua Morgue. Era uma daquelas passagens malditas que ficam entre a rua Richelieu e a rua St. Roch. Era fim de tarde quando chegamos, pois esse distrito é bem distante de onde residíamos. A casa foi logo encontrada, pois ainda havia muitas pessoas olhando as venezianas fechadas, com uma curiosidade inespecífica, do outro lado da via. Era uma casa parisiense comum, com um portão e um caminho de entrada, um dos lados do qual comportava uma guarita envidraçada, com um painel deslizante na janela, sugerindo uma *loge de concierge*. Antes de entrarmos, andamos pela rua, viramos numa viela e depois, virando novamente, passamos pela parte de trás do prédio. Dupin, enquanto isso, examinava a vizinhança toda, bem como a casa, com uma atenção tão detalhada cujo propósito eu não enxergava.

Refazendo nosso trajeto, retornamos à frente da morada, tocamos a campainha e, ao mostrar nossas credenciais, fomos recebidos pelos agentes encarregados. Subimos as escadas até os aposentos onde o corpo de *mademoiselle* L'Espanaye fora encontrado e onde as duas falecidas permaneciam. A desordem do quarto foi, como é típico, tolerada e mantida. Não vi nada além do que havia sido declarado na *Gazette des Tribunaux*. Dupin examinou minuciosamente cada cousa, sem abrir exceção para os corpos das vítimas.

Depois, fomos aos outros quartos e ao pátio – um gendarme nos acompanhou durante todo o tempo. A investigação nos ocupou até escurecer, momento no qual partimos. A caminho de casa, meu companheiro entrou brevemente no escritório de um dos jornais diários.

Falei que as extravagâncias do meu amigo eram muitas, e que *je les ménagais* – a essa expressão não há equivalente no inglês. Seu humor, naquele momento, era de rejeitar toda e qualquer conversa acerca do assassinato até cerca do meio-dia seguinte. Ele então perguntou-me, de repente, se eu havia observado algo de *peculiar* no local da atrocidade.

Havia algo no seu modo de enfatizar a palavra "peculiar" que me fez sentir um arrepio sem saber por quê.

– Não, nada de *peculiar* – falei. – Pelo menos nada além do que vimos no jornal.

– A *Gazette* – ele respondeu – não abordou, receio eu, o horror atípico da situação. Mas desconsidera a opinião à toa desse jornal. Parece-me que este mistério é considerado insolúvel pelo mesmo motivo que deveria fazer com que ele fosse visto como fácil de se solucionar; refiro-me ao aspecto *outré* de suas características. A polícia está perplexa pela aparente falta de motivo não do assassinato em si, mas do grau de atrocidade dele. Também estão desconcertados pela aparente impossibilidade de ligar as vozes que discutiam com os fatos de que ninguém foi descoberto ao subirem as escadas além do corpo de *mademoiselle* L'Espanaye e de que não havia meios de saída sem que os notasse o grupo que subia. A total desordem do quarto; o corpo enfiado, de cabeça para baixo, na chaminé; a mutilação horrenda do corpo da velha senhora. Essas considerações, as mencionadas e outras que não preciso citar foram suficientes para paralisar as forças, deixando completamente desorientada a aclamada *perspicácia* dos agentes do governo. Eles caíram no erro grosseiro, mas comum, de confundir o que é atípico com o que é intrincado. Mas é a partir desses desvios do campo do banal que o raciocínio tateia em busca do caminho, se é que o faz, em busca da verdade. Em investigações como as que agora realizamos, a pergunta a se fazer não é "o que ocorreu?", mas sim "o que ocorreu que nunca havia ocorrido antes?". Aliás, a facilidade com a qual chegarei, ou cheguei, à solução deste mistério é diretamente proporcional à aparente insolubilidade aos olhos da polícia.

Encarei o emissor com um espanto silencioso.

– Estou agora à espera – ele prosseguiu, olhando para a porta de nosso apartamento. – Estou à espera de uma pessoa que, embora talvez não seja a que realizou essa carnificina, deve estar de algum modo envolvida na realização. Da pior parte dos crimes cometidos, é provável que seja inocente. Espero estar certo a respeito dessa suposição, pois é com base nela que montei minha expectativa de resolver toda a charada. Procuro por este homem aqui, neste cômodo, o tempo todo. É verdade que ele talvez não chegue; mas é provável que chegue. Caso isso ocorra, será necessário detê-lo. Eis aqui pistolas; ambos sabemos usá-las quando a ocasião pede o uso.

Peguei as pistolas, mal sabendo o que fazia, e mal acreditando no que escutava, enquanto Dupin prosseguia, como se proferisse um solilóquio. Já falei de seu maneirismo abstrato em momentos assim. Seu discurso era direcionado a mim, mas sua voz, embora não fosse alta, tinha aquela entonação normalmente empregada ao se falar com alguém a uma longa distância. Seus olhos, vagos em expressão, só davam atenção à parede.

– Que as vozes em discussão – ele disse –, ouvidas pelo grupo nas escadas, não eram vozes das mulheres em si está plenamente comprovado pelos indícios. Isso nos retira qualquer dúvida acerca da questão de se a velha senhora poderia ter aniquilado a filha e depois cometido suicídio. Menciono essa questão sobretudo em prol do método, pois a força de *madame* L'Espanaye seria completamente incompatível com a tarefa de enfiar o cadáver da filha na chaminé, como foi encontrado. E a natureza das feridas no próprio corpo impossibilitam inteiramente a noção de autodestruição. Um assassinato, portanto, foi cometido por terceiros, e as vozes desses terceiros foram as ouvidas discutindo. Permita-me advertir, em referência não ao relato completo a respeito dessas vozes, mas ao que era *peculiar* nesse relato. Observaste algo peculiar nele?

Comentei que, embora as testemunhas concordassem na suposição de que a voz rouca era de um francês, havia muita discórdia em relação à voz aguda ou, como um indivíduo descreveu, a voz áspera.

– Isso era o próprio indício – disse Dupin. – Mas não é a peculiaridade do indício. Não observaste nada de distinto. No entanto, *havia* algo a se observar. As testemunhas, como observaste, concordavam em relação à voz rouca; eram unânimes quanto a isso. Mas em relação à voz aguda, o peculiar não é que eles discordavam, mas que, quando um italiano, um inglês, um espanhol, um holandês e um francês tentaram descrevê-la, cada um deles se referiu a ela como pertencente *a um estrangeiro*. Cada um está convencido de que não era a voz de um conterrâneo. Cada um deles a associa não a uma voz de um indivíduo cujo idioma nacional a pessoa fala, mas o contrário. O francês achou que era a voz de um hispânico e que "poderia ter distinguido algumas palavras *se tivesse familiaridade com o espanhol*". O holandês sustenta que era de um francês, mas vimos a afirmação de que "por não falar francês, essa testemunha foi interrogada com um intérprete". O inglês achava que era a voz de um alemão e "não entende alemão". O espanhol "tem certeza" de que é de um inglês, mas conclui isso exclusivamente "pela entonação", pois "não tem domínio do idioma inglês". O italiano crê que seja a voz de um russo, mas "nunca conversou com um nativo da Rússia". Um segundo francês discorda do primeiro e está certo de que a voz é de um italiano, mas, *sem saber muito sobre a língua*, foi, como o espanhol, "convencido pela entonação". Agora, que estranha e atípica deveria ser a voz, de modo que um conjunto de relatos como esse *pudesse* ser obtido! Nos *tons* de que cidadãos de cinco grandes divisões da Europa não conseguiriam encontrar nada de familiar! Dirás que pode ser a voz de um asiático; de um africano. Nem asiáticos nem africanos são abundantes em Paris; mas, sem descartar a inferência, apenas trago à tua atenção três questões. A voz foi descrita por uma testemunha como "ríspida em vez de aguda". Foi retratada por duas outras como "rápida e *irregular*". Nenhuma palavra, nenhum som que lembrasse palavras, foi mencionado por testemunha alguma como discernível.

Dupin prosseguiu:

– Não sei que impressão posso ter causado em tua compreensão até o momento, mas não hesito em dizer que deduções legítimas mesmo a partir dessa parte dos relatos, relativa à voz rouca e à aguda, são suficientes para fomentar uma suspeita, que pode nos orientar em direção a todo o progresso subsequente na investigação do mistério. Eu disse "deduções legítimas", mas isso não expressa por completo o que quero dizer. Desejo sugerir que as deduções são as únicas adequadas e que a suspeita surge *inevitavelmente* delas como o único resultado. Qual é a suspeita, porém, não direi por ora. Apenas desejo que tenhas em mente que, em mim, foi suficientemente potente para dar uma forma definida, uma certa tendência, às minhas investigações no aposento.

"Transportemo-nos, com a imaginação, para esse aposento. O que devemos buscar primeiro aqui? A forma de saída utilizada pelos assassinos. Não é exagero dizer que nenhum de nós acredita em incidentes sobrenaturais. *Madame* e *mademoiselle* L'Espanaye não foram eliminadas por espíritos. Os autores do crime eram materiais e escaparam de um jeito material. Mas como? Felizmente, há apenas um modo de raciocínio acerca do assunto, e esse modo *necessariamente* nos leva a uma decisão definida. Examinemos, uma a uma, as vias de saída possíveis. Está claro que os assassinos estavam no quarto em que *mademoiselle* L'Espanaye foi encontrada, ou pelo menos no quarto adjacente, quando o grupo subiu as escadas. É então apenas nesses dois apartamentos que devemos procurar problemas. A polícia esvaziou o chão, o teto e a alvenaria das paredes em todas as direções. Nenhuma questão *secreta* poderia escapar de sua inspeção. Mas, por não confiar nos olhos *deles*, examinei com os meus. Não havia, de fato, *nenhuma* questão secreta. Ambas as portas que levavam dos quartos ao corredor estavam bem trancadas, com a chave do lado de dentro. Consideremos as chaminés. Estas, embora tenham a largura normal pelos primeiros dois ou três metros acima das lareiras, não têm espaço, em toda a sua extensão, para o corpo de um gato grande. Sendo a impossibilidade de saída pelos meios já citados, portanto, absoluta, resta-nos as janelas. Porém, pelas do quarto da frente ninguém poderia ter escapado sem ser notado pela multidão na rua. Os assassinos *necessariamente*, então, saíram pela do quarto dos fundos. Agora, levados a essa conclusão de maneira tão inequívoca como fomos, não cabe a nós, enquanto homens de raciocínio, rejeitá-la com base em impossibilidades aparentes. Só nos resta provar que essas aparentes 'impossibilidades' na realidade não os são.

"Há duas janelas no cômodo. Uma delas não tinha nenhum móvel obstruindo-a e estava totalmente visível. A parte inferior da outra estava oculta pela cabeceira de uma cama robusta que estava quase encostada nela. A primeira estava bem travada por dentro. Resistia à força máxima de quem tentasse abri-la. Um furo de verruma grande foi feito no lado esquerdo da esquadria, e encontrou-se um prego bem robusto encaixado ali, quase até a cabeça. Ao examinar a outra janela, um prego semelhante parecia similarmente firmado; e uma tentativa vigorosa de erguer o caixilho da janela também não deu certo. A polícia então achou isso satisfatório para considerar que a saída não pudesse ser nessa direção. E, *portanto*, considerou um excesso retirar os pregos e abrir as janelas.

"Minha própria inspeção foi um pouco mais específica, e assim foi pela razão que acabei de dar: porque sabia que era ali que todas as impossibilidades aparentes *necessariamente* tinham de revelar não os serem na realidade.

"Meu pensamento segue assim, *a posteriori*. Os assassinos *escaparam* por uma dessas janelas. Sendo assim, eles não teriam como travar os caixilhos outra vez pelo lado de dentro, visto que foram encontrados travados, a consideração que deteve, com sua obviedade, a minuciosidade da polícia nesse cômodo. Entretanto, os caixilhos *estavam* travados. Então, *necessariamente* são capazes de travar-se sozinhos. Não há escapatória dessa conclusão. Fui até o batente da janela desobstruída, retirei o prego com alguma dificuldade e tentei erguer o caixilho. Ele resistiu a meus esforços, como eu havia previsto. Tinha de haver, eu agora sabia, uma mola oculta; e, ao ter essa ideia corroborada, fiquei convencido de que pelo menos minhas premissas estavam corretas, por mais misteriosas que as circunstâncias relativas aos pregos parecessem. Uma busca cuidadosa logo trouxe à luz a mola oculta. Pressionei-a e, satisfeito com a descoberta, evitei erguer o caixilho.

"Recoloquei então o prego e mantive a atenção nele. Uma pessoa que passasse por essa janela poderia fechá-la novamente e a mola a pegaria... mas o prego não poderia ser recolocado. A conclusão era clara e mais uma vez afinou meu campo de investigação. Os assassinos *necessariamente* escaparam pela outra janela. Supondo, então, que as molas eram iguais em cada caixilho, como era provável, havia *necessariamente* uma diferença entre os pregos, ou pelo menos entre os modos como estavam fixados. Subindo no enxergão da cama, olhei por sobre a cabeceira minuciosamente o segundo batente. Descendo minha mão pela armação, logo descobri e pressionei a mola que era, como supus, de caráter idêntico ao de sua vizinha. Agora, olhava para o prego. Era robusto como o outro e aparentemente estava encaixado da mesma forma: dentro do buraco até quase a cabeça.

"Dirás que eu estava confuso, mas, se pensas assim, deves ter entendido mal a natureza das induções. Falando figurativamente, não estive em nenhum momento 'sem norte'. O faro não foi em momento algum perdido. Não havia falha alguma em nenhum elo da corrente. Rastreei o segredo até seu resultado definitivo... e o resultado em questão era *o prego*. Ele tinha, eu diria, em todos os sentidos, a aparência de seu colega da outra janela; mas esse fato, por mais que parecesse conclusivo, era uma nulidade absoluta quando comparado à consideração de que ali, àquela altura, acabavam-se as pistas. 'Há *necessariamente* algo de errado com o prego', falei. Toquei-o e a cabeça, medindo cerca de meio centímetro da haste, saiu em minha mão. O restante da haste ficou no furo, onde havia sido partido. A ruptura era antiga, pois suas bordas estavam incrustadas de ferrugem, e aparentemente foi realizada com um golpe de martelo, que havia parcialmente encaixado, acima do caixilho inferior, a cabeça do prego. Eu então com cuidado recoloquei a parte da cabeça no encaixe de onde a havia tirado, e a semelhança com um prego perfeito estava completa; a fissura se tornou invisível. Ao apertar a mola, gentilmente ergui o caixilho alguns centímetros, a cabeça foi junto, permanecendo firme em seu entalhe. Fechei a janela e a aparência de um prego inteiro ficou novamente perfeita.

"O enigma, até essa altura, estava desvendado. O assassino escapara pela janela que dava para a cama. Fechando-se por conta própria com a saída dele, ou talvez fechada de propósito, ela se travou graças à mola, e foi a retenção dessa mola que foi confundida pela polícia com a do prego; sendo considerada desnecessária uma investigação mais profunda.

"A questão seguinte era o meio de descida. Naquele momento, já estava satisfeito com minha caminhada contigo ao redor do prédio. A cerca de um metro e meio da janela em questão havia um para-raios. A partir dele seria impossível para qualquer um alcançar a janela em si, muito menos entrar nela. Observei, contudo, que as venezianas do quarto andar eram do tipo peculiar que os carpinteiros de Paris chamam de "*ferrades*"; um tipo raramente usado no presente, mas frequentemente visto em mansões antigas em Lyon e Bourdeaux. Elas têm a forma de uma porta comum, não uma dupla; exceto que a parte de baixo é guarnecida com treliças, fornecendo assim um ótimo lugar para as mãos se agarrarem. Naquela ocasião, as janelas tinham um total de um metro de largura. Quando as vimos pelos fundos da casa, estavam ambas abertas pela metade, ou seja, em ângulos retos com relação à parede. É provável que a polícia, assim como eu, tenha examinado a parte de trás do edifício; mas, se o fizeram, ao olhar para as *ferrades* e sua extensão, como devem ter feito, não perceberam sua largura máxima ou, de qualquer modo, não a levaram em consideração. Na verdade, após decidirem que não havia como a saída ter sido feita nesse quarto, eles naturalmente fizeram aqui uma inspeção bem superficial. Todavia, estava claro para mim que a veneziana pertencente à janela na cabeceira da cama, se aberta por completo até a parede, ficaria a meio metro do para-raios. Também era evidente que, com o exercício de um grau raro de atividade e coragem, uma entrada pela janela, vindo do para-raios, podia assim ser efetuada. Ao estender-se à distância de pouco mais de meio metro, supondo que a veneziana esteja aberta por completo, um ladrão poderia firmar a mão na treliça. Em seguida, soltando o para-raios, firmando os pés contra a parede e impulsionando-os com audácia, ele poderia mover a veneziana de modo a fechá-la e, se imaginarmos a janela aberta naquele momento, poderia até entrar no quarto com esse movimento.

"Desejo que mantenhas em mente com destaque que falo de um grau *muito* atípico de atividade como requisito para o sucesso num feito tão perigoso e difícil. É meu desejo mostrar-te, primeiro, que a cousa poderia ter sido realizada; mas, segundo e *mais importante*, desejo fazê-lo assimilar a compreensão do caráter *extraordinário*, quase sobrenatural, da agilidade com a qual poderia ser realizada.

"Dirás, sem dúvida, usando a linguagem jurídica, que para 'defender minha tese', eu deveria subestimar, em vez de insistir numa estimativa plena da atividade exigida nesse quesito. Talvez seja essa a prática no Direito, mas não é o uso da razão. Meu objetivo final é apenas a verdade. Meu propósito imediato é fazer-te justapor aquela atividade *muito atípica* da qual acabo de falar com aquela voz aguda, ou ríspida, *irregular* e *muito peculiar*, cuja nacionalidade não foi objeto de concordância nem entre duas pessoas e em cuja pronúncia nenhuma silabação foi detectada."

Com essas palavras, um conceito vago e parcialmente formado do que Dupin queria dizer perpassou minha mente. Eu parecia no limiar da compreensão, incapaz de compreender – como homens, às vezes, se veem na iminência da memória, sem conseguir, no fim, obter a lembrança desejada. Meu amigo prosseguiu com seu discurso.

– Verás – disse – que mudei a questão do modo de saída para o de entrada. Desejava transmitir a ideia de que ambos foram realizados da mesma maneira, no mesmo lugar. Voltemos agora ao interior do quarto. Examinemos as aparências nele. As gavetas do *bureau*, disseram, foram reviradas, embora muitos artigos de vestuário ainda permanecessem dentro delas. A conclusão aqui é absurda. É uma mera conjectura, uma bastante tola, e nada mais.

Como podemos saber que os artigos encontrados nas gavetas não eram tudo que essas gavetas continham originalmente? *Madame* L'Espanaye e sua filha tinham uma vida excepcionalmente reclusa: não tinham companhia, raramente saíam, não tinham muita utilidade para numerosas mudanças de vestimenta. As que foram encontradas eram no mínimo de qualidade tão boa quanto qualquer cousa que essas damas provavelmente possuíssem. Se um ladrão houvesse pegado alguma peça, por que não pegar as melhores... por que não pegar tudo? Em suma, por que ele abandonou quatro mil francos em ouro para se ocupar de uma trouxa de roupas? O ouro *foi* abandonado. Quase a soma total mencionada por *monsieur* Mignaud, o banqueiro, foi descoberta em sacos no chão. Desejo, portanto, que descartes de teu pensamento a ideia precipitada de *motivação*, arraigada nos cérebros policiais pela parte dos indícios que mencionam uma entrega de dinheiro à porta da casa. Coincidências dez vezes mais notáveis do que esta (a entrega do dinheiro e um assassinato cometido no intervalo de três dias após o recebimento) acontecem a todos nós a cada hora de nossas vidas sem chamar atenção sequer momentânea. Coincidências, no geral, são grandes pedras no caminho da escola de pensadores que foi instruída a não saber nada sobre a teoria das probabilidades; teoria essa à qual os mais gloriosos objetos de pesquisa humana estão endividados pela ilustração gloriosa que apresenta. Na ocasião atual, se o ouro tivesse sumido, o fato de sua entrega três dias antes teria formado algo além de uma coincidência. Corroboraria essa noção de motivação. Mas, nas circunstâncias reais do caso, se fôssemos supor que ouro é o motivo desse ultraje, precisamos também imaginar o responsável como um idiota tão vacilante que deixou o ouro e sua motivação para trás.

"Mantendo agora em mente com firmeza as questões que trouxe à sua atenção: a voz peculiar, a agilidade atípica e a ausência desconcertante de motivação para um assassinato tão unicamente atroz como esse, observemos a carnificina em si. Eis uma mulher estrangulada até a morte por força manual, e enfiada numa chaminé, com a cabeça para baixo. Assassinos comuns não empregam métodos de homicídio como esse; muito menos descartam a vítima assim. No modo como o cadáver ficou entalado na chaminé, hás de reconhecer que havia algo *excessivamente outré*, algo completamente irreconciliável com nossa noção comum da ação humana, mesmo que suponhamos os atores como os mais depravados entre os homens. Pense também na força, que era tanta a ponto de poder empurrar o corpo *para cima* numa passagem como aquela, tão violentamente que o vigor reunido de várias pessoas quase não foi suficiente para puxá-lo *para baixo*!

"Voltemo-nos, agora, para outros indicativos do emprego de um vigor do mais espetacular. Na lareira havia mechas grossas, mechas bem grossas, de cabelo humano grisalho. Elas haviam sido arrancadas pelas raízes. Tens ciência da enorme força necessária para arrancar da cabeça mesmo vinte ou trinta fios de cabelo juntos. Viste os cachos em questão tão bem quanto eu. Suas raízes – uma vista horrível! – continham fragmentos do couro cabeludo, prova definitiva da força prodigiosa exercida ao arrancar talvez meio milhão de fios de cabelo de uma vez. A garganta da velha dama não estava simplesmente cortada; a cabeça foi completamente separada do corpo: o instrumento foi uma mera navalha. Desejo que olhes também a ferocidade *brutal* desses feitos. Sobre os ferimentos no corpo de *madame* L'Espanaye não falo. *Monsieur* Dumas e seu valioso assistente, *monsieur* Etienne, declararam que foram realizados por um instrumento obtuso; e, até esse ponto, esses cavalheiros estão certíssimos. O instrumento obtuso claramente era o pavimento de pedra no pátio, sobre o qual a vítima caíra da janela adjacente à cama. Essa ideia, por mais simples que agora pareça, escapou à polícia pela mesma razão que a largura das venezianas escapou: porque, pela situação dos pregos, suas percepções estavam hermeticamente seladas contra a possibilidade de as janelas terem sido abertas em qualquer momento que fosse.

"Se agora, além de todas essas cousas, tu tiveres refletido propriamente acerca da estranha desordem do aposento, teremos combinado as ideias de uma agilidade surpreendente, uma força sobre-humana, uma ferocidade brutal, uma carnificina sem motivo, uma *grotesquerie* de um horror absolutamente alienado à humanidade e uma voz num tom estrangeiro aos ouvidos dos homens de muitas nações, desprovida de qualquer silabação inteligível ou discernível. Que resultado, portanto, se obtém? Que impressão causei à sua imaginação?"

Senti um arrepio em minha carne ao ouvir Dupin fazer a pergunta.

– Um louco – respondi – realizou esse feito... Um maníaco desvairado, que escapou de uma *Maison de Santé* nos arredores.

– Em alguns aspectos – ele respondeu –, tua ideia não é irrelevante. Mas as vozes de loucos, mesmo em seus paroxismos mais descontrolados, nunca acabam correspondendo com a voz peculiar ouvida nas escadas. Loucos pertencem a uma nação, e sua língua, por mais incoerente que seja nas palavras, sempre tem a coerência da silabação. Além disso, o cabelo de um louco não é como o que agora tenho em mãos. Desembaracei esse pequeno tufo dos dedos rigidamente fechados de *madame* L'Espanaye. Diz-me o que enxergas nele.

– Dupin! – falei, completamente paralisado. – Este cabelo é deveras atípico... Não é cabelo *humano*.

– Eu não afirmei que fosse – ele disse. – Mas, antes de definirmos isso, desejo que passe os olhos pelo pequeno esboço que fiz neste papel. É um desenho fac-símile do que foi descrito por parte dos relatos como "hematomas escuros e marcas profundas de unhas" na garganta de *mademoiselle* L'Espanaye, e em outra, por *messieurs* Dumas e Etienne, como "uma série de manchas roxas que eram evidentemente marcas de dedos".

Estendendo o papel sobre a mesa à nossa frente, meu amigo continuou:

– Perceberás que esse desenho dá a ideia de um agarrar firme e fixo. Não há *escorregão* aparente. Cada dedo manteve, possivelmente até a morte da vítima, o terrível apertão com que fez a marca original. Tenta, agora, colocar todos os teus dedos, ao mesmo tempo, nas respectivas impressões como as vês.

Tentei, em vão.

– É possível que não estejamos fazendo um juízo justo acerca desse caso – ele disse. – O papel está disposto numa superfície plana, mas o pescoço humano é cilíndrico. Eis aqui um pedaço de madeira cuja circunferência é próxima à do pescoço. Envolve o desenho nele e tenta refazer o experimento.

Assim fiz, mas a dificuldade era ainda mais óbvia do que antes.

– Isso – falei – é a marca de uma mão não humana.

– Lê agora – respondeu Dupin – este trecho de Cuvier.

Era um relato minuciosamente anatômico e descritivo, de modo geral, do grande e alaranjado orangotango das ilhas das Índias Orientais. A estatura gigantesca, a força e atividade prodigiosas, a ferocidade selvagem e as propensões imitativas desses mamíferos são suficientemente conhecidas por todos. Imediatamente entendi o total horror do assassinato.

– A descrição dos dedos – falei, conforme finalizava a leitura – está exatamente de acordo com este desenho. Vejo que nenhum animal além de um orangotango, da espécie aqui mencionada, poderia deixar as marcas como tu as desenhaste. Este tufo de cabelo amarelo-torrado também é idêntico em característica ao do animal de Cuvier. Mas não consigo nem começar a compreender as particularidades desse mistério terrível. Além disso, havia *duas* vozes ouvidas discutindo, e uma delas era sem dúvida a voz de um francês.

– Verdade; e tu hás de lembrar uma expressão atribuída de maneira quase unânime, pelos indícios, a essa voz: a expressão "*mon Dieu!*". Isso, sob as circunstâncias, foi justificadamente caracterizado por uma das testemunhas (Montani, o confeiteiro), como uma expressão de queixa ou objeção. Baseado nessas duas palavras, portanto, alimentei minhas esperanças por uma solução completa do enigma. Um francês esteve ciente do assassinato. É possível, e até mais do que provável, que ele fosse inocente de qualquer participação na transação sangrenta que ocorreu. O orangotango pode ter escapado dele. Ele pode ter seguido seu rastro até os aposentos; mas, diante das circunstâncias inquietantes que ocorreram, ele jamais poderia recapturá-lo. O animal ainda está à solta. Não agirei com base nessas conjecturas, pois não tenho direito de chamá-las de algo além disso, visto que as lentes reflexivas sob as quais elas se baseiam dificilmente são de profundidade suficiente para que meu próprio intelecto possa apreciar, e visto que não tenho como fingir que elas são inteligíveis à compreensão alheia. Chamemos então de conjecturas, e as tratemos assim. Se o francês em questão é, de fato, como suponho, inocente dessa atrocidade, este anúncio, que deixei ontem à noite, enquanto voltávamos para casa, no escritório do *Le Monde* – um jornal dedicado ao interesse de mercantes e muito lido por marinheiros – o trará à nossa residência.

Ele me entregou um papel, e eu li:

> CAPTURADO – Nos Bosques de Bolonha na manhã de —— deste mês (*a manhã do assassinato*), um orangotango-de-bornéu muito grande e de pelo alaranjado. O dono (que há de se provar ser um marinheiro, pertencente a uma embarcação maltesa), pode recuperar o animal, após identificá-lo satisfatoriamente e pagar alguns encargos decorrentes de sua captura e cuidados. Comparecer à rua ——, nº ——, Faubourg St. Germain, *au troisième*.

– Como é possível – perguntei – que saibas que o homem é um marinheiro e de uma embarcação maltesa?

– Eu *não* sei – disse Dupin. – Não tenho *certeza* disso. Eis, contudo, um pedacinho de fita que, pela forma e por sua aparência engordurada, evidentemente foi usada para amarrar o cabelo numa daquelas longas tranças das quais marinheiros gostam tanto. Além disso, esse nó é de um tipo que poucos além de marinheiros sabem fazer, e é peculiar dos malteses. Peguei a fita ao pé do para-raios. Não poderia pertencer a nenhuma das falecidas. Agora, se, afinal, eu estiver errado quanto à minha indução sobre essa fita, de que o francês era um marinheiro de uma embarcação maltesa, ainda assim não há mal possível em ter dito o que eu disse no anúncio. Se eu estiver errado, ele apenas há de supor que fui confundido por alguma circunstância sobre a qual ele não se dará ao trabalho de fazer perguntas. Mas, se eu estiver certo, ganha-se um ponto importante. Ciente, embora inocente do assassinato, o francês naturalmente hesitará em responder ao anúncio; em reivindicar o orangotango. Fará o seguinte raciocínio: "Sou inocente; sou pobre; meu orangotango é muito valioso, uma fortuna mesmo para alguém nas minhas circunstâncias, por que eu deveria perdê-lo por causa de apreensões bobas de perigo? Aqui está ele, ao meu alcance. Foi encontrado nos Bosques de Bolonha, a uma longa distância daquela carnificina. Como alguém poderia suspeitar que uma fera bruta fez isso? A polícia está perdida, não conseguiram encontrar a menor pista. Mesmo que sigam os rastros do animal, seria impossível provar que tenho ciência do assassinato ou considerar-me culpado devido a essa ciência. Acima de tudo, *sou conhecido*. O anunciante refere-se a mim como o dono da fera. Não sei até que ponto seu conhecimento estende-se. Se eu evitar reivindicar uma propriedade tão valiosa, que se sabe ser de minha posse, tornarei o animal, no mínimo, sujeito a suspeitas. Não é parte de minha política atrair atenção para mim ou para o animal. Vou responder ao anúncio, pegar o orangotango e mantê-lo por perto até esse assunto ser esquecido".

Nesse momento, ouvimos um passo nas escadas.

– Fica pronto – Dupin disse. – Com tuas pistolas, mas não as uses nem as mostres até que recebas um sinal meu.

A porta da frente da casa foi deixada aberta, e o visitante entrou, sem tocar a campainha, e subiu vários degraus da escadaria. Agora, porém, ele parecia hesitar. Logo, ouvimos sua descida. Dupin se moveu rapidamente para a porta quando voltamos a ouvir que ele subia. Ele não deu meia-volta uma segunda vez, em vez disso, dando passos com decisão, bateu à porta de nosso quarto.

– Entra – disse Dupin, num tom alegre e cordial.

Um homem entrou. Era marinheiro, claramente: um sujeito alto, robusto e de aparência musculosa, no semblante uma certa expressão ousada, não de todo desagradável. Seu rosto, bastante queimado pelo sol, era em grande parte oculto por costeletas e *mustachio*. Tinha consigo um porrete de carvalho, mas fora isso parecia estar desarmado. Ele fez uma reverência desconcertada e nos deu "boa noite" com sotaque francês que, embora tivesse toques de Neuchâtel, ainda era suficientemente indicativo de uma origem parisiense.

– Senta-te, amigo – disse Dupin. – Suponho que tenhas vindo por causa do orangotango. Digo com sinceridade, quase invejo sua posse sobre ele; um animal notavelmente distinto e sem dúvida muito valioso. Quantos anos dirias que ele tem?

O marinheiro respirou fundo, com o ar de um homem aliviado de um fardo intolerável, e depois respondeu, num tom seguro:

– Não tenho como saber... mas ele não pode ter mais do que quatro ou cinco anos. Os senhores estão com ele aqui?

– Oh, não; não tínhamos condições para mantê-lo aqui. Ele está num estábulo de aluguel na rua Dubourg, aqui perto.

Podes pegá-lo pela manhã. Estás, é claro, preparado para identificar a propriedade?

– Esteja certo de que estou, senhor.

– Lamentarei separar-me dele – disse Dupin.

– Não quero insinuar que o senhor tenha tido esse trabalho todo por nada – disse o homem. – Assim não esperaria. Estou muito disposto a pagar uma recompensa pela descoberta do animal... No caso, qualquer cousa dentro do razoável.

– Bem – respondeu meu amigo –, isso é tudo bem justo. Deixa-me pensar! O que posso receber? Ah! Digo-te. Minha recompensa será a seguinte: hás de me dar toda informação em teu poder acerca dos assassinatos da rua Morgue.

Dupin proferiu as últimas palavras num tom bastante grave e bem baixo. Com a mesma mansidão foi até a porta, trancou-a e colocou a chave em seu bolso. Ele então sacou uma pistola de seu peito e colocou-a, sem a menor agitação, sobre a mesa.

O rosto do marinheiro corou como se ele se debatesse contra a asfixia. Pôs-se de pé num movimento e agarrou seu porrete; mas no momento seguinte tornou a cair em seu assento, tremendo violentamente e com o semblante da própria morte. Não disse palavra. Do fundo de meu coração, tive pena dele.

– Meu amigo – disse Dupin, num tom gentil –, alarmas-te desnecessariamente, sem dúvida. Não desejamos mal algum a ti. Juro-te com a honra de um cavalheiro, e de um francês, que não temos intenção de ferir-te. Sei perfeitamente bem que és inocente das atrocidades da rua Morgue. Contudo, não será aceitável negares que estejas em certa medida envolvido nelas. Pelo que eu já disse, deves saber que tive meios de informação acerca desse assunto, meios que tu não poderias nem imaginar. Agora é esta a situação. Não fizeste nada que pudesse ter evitado; sem dúvida, nada que o torne culpado. Não és nem culpado de roubo, quando poderias ter roubado impunemente. Não tens nada a ocultar.

Não tens razão para a ocultação. Por outro lado, és obrigado por todo princípio de honra a confessar tudo o que sabes. Um homem inocente está atualmente aprisionado, acusado de um crime cujo responsável tu podes apontar.

O marinheiro recuperou seu estado mental, em grande parte, enquanto Dupin pronunciava essas palavras, mas a audácia original de sua postura havia sumido.

– Que Deus me ajude – disse, após breve pausa. – *Contarei* aos senhores tudo o que sei desse caso… mas não espero que acreditem em metade do que digo… eu seria um tolo se esperasse. Ainda assim, *sou* inocente, e hei de pôr tudo em pratos limpos mesmo que me cause a morte.

O conteúdo do que ele declarou foi o que se segue. Ele recentemente havia feito uma viagem para o Arquipélago das Índias Orientais. Um grupo, que ele integrava, desembarcou em Bornéu e passeou interior adentro numa excursão de lazer. Ele e um companheiro capturaram o orangotango. Com a morte desse companheiro, o animal ficou em posse exclusiva dele. Após muitas dificuldades, causadas pela ferocidade obstinada do cativo durante a viagem para casa, ele, depois de um tempo, conseguiu abrigá-lo com segurança na sua própria residência em Paris, onde – sem querer atrair para si a curiosidade desagradável dos vizinhos – o mantinha cuidadosamente recluso até que se recuperasse de uma ferida no pé, feita por uma lasca do barco. Seu objetivo final era vendê-lo.

Quando voltava para casa, vindo de alguma festa de marinheiros na noite, ou melhor, na madrugada do assassinato, encontrou a fera ocupando seu próprio quarto, que ela havia invadido por um quarto adjacente onde estava, supostamente, seguramente confinada. Com uma navalha em mãos e cheio de espuma, sentava-se diante de um espelho, tentando realizar a operação de fazer a barba, que sem dúvida observara sendo feita antes por seu mestre, pela fechadura do cômodo. Aterrorizado com a imagem de uma arma tão perigosa nas mãos de um animal tão feroz e tão apto a usá-la, o homem, por alguns instantes, ficou sem saber o que fazer. Contudo, havia se acostumado a aquietar a criatura, mesmo em seus temperamentos mais ferozes, usando um chicote, e a isso recorreu no momento. Ao ver a arma, o orangotango imediatamente saltou quarto afora, desceu as escadas e dali, por uma janela infelizmente aberta, saiu para as ruas.

O francês seguiu desesperado o símio, que, com a navalha ainda em mãos, às vezes parava para olhar para trás e gesticular para aquele que o seguia até que este quase o alcançasse. E então, voltava a fugir. Desse modo, a perseguição continuou por um bom tempo. As ruas estavam em silêncio profundo, pois eram quase três da manhã. Ao passar por um beco nos fundos da rua Morgue, a atenção do fugitivo foi cativada por uma luz brilhando na janela aberta do aposento de *madame* L' Espanaye, no quarto andar de sua casa. Correndo até o prédio, notou o para-raios, escalou-o com uma agilidade inconcebível, agarrou a veneziana (que estava completamente aberta e contra a parede) e, com ela, lançou-se diretamente à cabeceira da cama. O feito ocorreu em menos de um minuto. A veneziana se reabriu quando o orangotango a chutou ao entrar no quarto.

O marinheiro, enquanto isso, estava simultaneamente exultado e perplexo. Tinha fortes esperanças de então recapturar o animal, pois ele mal podia escapar da armadilha na qual havia entrado, exceto pelo para-raios, onde poderia ser interceptado enquanto descia. Por outro lado, havia muita razão para ansiedade com relação ao que ele poderia fazer dentro da casa. A segunda reflexão estimulou o homem a continuar seguindo o fugitivo. Sobe-se um para-raios sem dificuldade, ainda mais quando se é marinheiro; mas, quando ele chegou à altura da janela, que estava à sua esquerda, seu trajeto interrompeu-se. O máximo que podia fazer era esticar-se para ter um vislumbre do interior do quarto. Com esse vislumbre, ele quase se soltou e caiu devido ao horror excessivo. Foi então que aqueles berros horrendos surgiram na noite, despertando o sono dos residentes da rua Morgue. *Madame* L'Espanaye e sua filha, com suas vestes noturnas, aparentemente estavam ocupadas arrumando alguns documentos no baú de ferro já mencionado, que havia sido levado ao meio do quarto. Estava aberto e seu conteúdo estava disposto ao lado, no chão. As vítimas deviam estar sentadas de costas para a janela; e, do tempo passado entre a entrada do animal e os berros, parece provável que ele não foi notado de imediato. O balanço da veneziana naturalmente teria sido atribuído ao vento.

Quando o marinheiro olhou para dentro, o animal havia pegado *madame* L'Espanaye pelos cabelos (que estavam soltos, pois ela os penteara logo antes) e brandia a navalha ao redor de seu rosto, imitando os gestos de um barbeiro. A filha estava no chão, prostrada e imóvel; havia desmaiado. Os gritos e a resistência da velha senhora (durante a qual o cabelo foi arrancado de sua cabeça) tiveram o efeito de mudar para a fúria os objetivos provavelmente pacíficos do orangotango. Com um movimento determinado de seu braço musculoso, quase arrancou a cabeça dela de seu corpo. A visão de sangue inflamou sua raiva, transformando-a num frenesi. Rangendo os dentes e com fogo nos olhos, lançou-se sobre o corpo da garota e afundou suas garras terríveis em sua garganta, apertando firme até que ela expirasse. Seus olhares errantes e desvairados recaíram nesse momento à cabeceira da cama, atrás da qual o rosto de seu mestre, rijo de horror, mal podia ser identificado. A fúria da fera, que sem dúvida ainda tinha em mente o temível chicote, foi instantaneamente convertida em medo. Ciente de que merecia um castigo, parecia desejar esconder seus feitos sanguinários e saltou pelo quarto em agonia e agitação nervosa, jogando e quebrando móveis conforme se movia, e retirando o colchão de cima da cama. No final, pegou primeiro o cadáver da filha e o enfiou na chaminé, do modo que depois foi encontrado; depois, pegou o da velha senhora, que ele imediatamente lançou, de cabeça para baixo, pela janela.

Conforme o símio aproximava-se do batente com sua carga mutilada, o marinheiro encolheu-se horrorizado no para-raios e, mais deslizando do que descendo, voltou às pressas para casa, temendo as consequências da carnificina e, em meio ao terror, abandonando de bom grado qualquer preocupação acerca do destino do orangotango. As palavras ouvidas pelo grupo nas escadas foram as exclamações de horror e pavor, acompanhadas dos balbucios demoníacos do animal.

Não tenho muito o que acrescentar. O orangotango deve ter escapado do quarto, pelo para-raios, logo antes de a porta ser arrombada. Deve ter fechado a janela ao sair por ela. Ele depois foi capturado pelo próprio dono, que ganhou com isso uma soma bem grande no Jardin des Plantes. Le Bon foi imediatamente solto, após narrarmos as circunstâncias (com alguns comentários de Dupin) no *bureau* do departamento de polícia. O funcionário em questão, por mais que tivesse boa vontade com meu amigo, não conseguia esconder de todo sua vexação com o rumo que as cousas tomaram e teve prazer em expressar um sarcasmo ou outro acerca da decência de cada pessoa cuidar de seus próprios afazeres.

– Deixa que fale – disse Dupin, que não achou necessário responder. – Deixa que discorra; aliviará sua consciência. Estou satisfeito por tê-lo derrotado em seu próprio castelo. Ainda assim, que ele tenha fracassado em solucionar esse mistério, não é de modo algum motivo para surpresa como ele supõe; pois, na verdade, nosso amigo no departamento é um pouco astuto demais para ser profundo. Em sua sabedoria não há *estame*. É cabeça sem corpo, como as pinturas da deusa Laverna; ou, na melhor das hipóteses, cabeça e ombros, como um bacalhau. Mas é uma boa criatura, afinal. Gosto especialmente dele por um golpe de mestre na fala, graças ao qual obteve sua reputação de engenhoso. Refiro-me ao modo dele *"de nier ce qui est, et d'expliquer ce qui n'est pas"*.[8]

---

8   "De negar o que é e de explicar o que não é"; citação de *Júlia ou a Nova Heloísa*, de Jean-Jacques Rousseau. (N.E.)

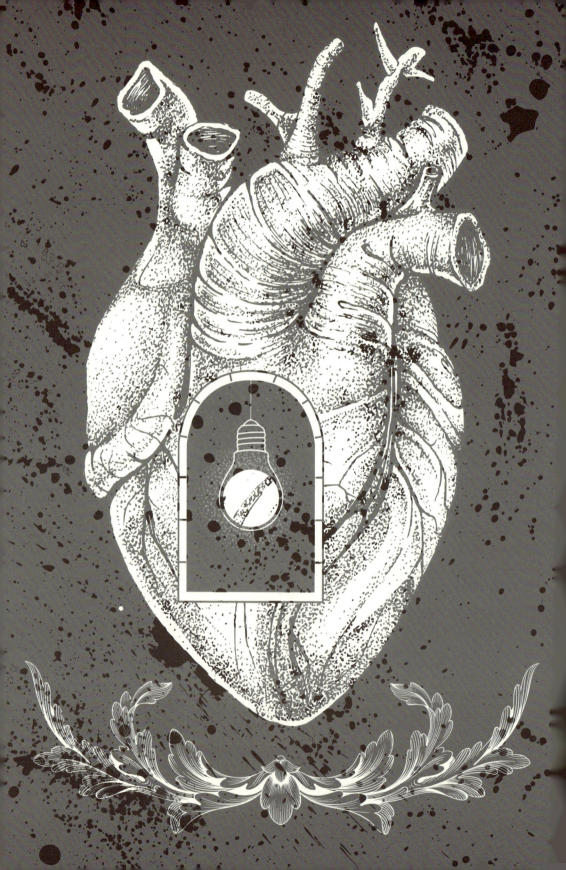

O coração delator

Verdade! Nervosismo… muito nervosismo, um nervosismo terrível senti e sinto; mas por que *dirias* que é loucura minha? A doença afiou meus sentidos – não os destruiu, não os entorpeceu. Acima de tudo estava com meu sentido auditivo aguçado. Ouvi todas as cousas no Céu e na Terra. Ouvi muitas cousas no Inferno. Como, então, estou demente? Escuta! E observa a saúde, a calma com as quais conto-te a história inteira.

É impossível dizer como a ideia entrou em meu cérebro pela primeira vez; mas, após concebida, assombrou-me dia e noite. Objetivo não havia. Desejo não havia. Eu amava o velho. Ele nunca me fez mal. Nunca me injuriou. Seu ouro eu não desejava. Acho que era seu olho! Sim, era isso! Um de seus olhos lembrava o de um abutre: um olho azul pálido, com uma película sobre ele. Sempre que recaía sobre mim, meu sangue gelava; e então, aos poucos – muito gradualmente – decidi tirar a vida do velho, e assim livrar-me do olho para sempre.

Agora esta é a questão. Duvidas de minha sanidade. Os insanos não sabem nada. Mas devias ter visto *a mim*. Devias ter visto a sabedoria com a qual prossegui – com a cautela, com a previdência, com a dissimulação que comecei meu trabalho! Nunca fui mais gentil com o velho do que durante a semana anterior à que o matei. E toda noite, mais ou menos à meia-noite, eu movia a tranca de sua porta e a abria... ah, com tanta delicadeza! Depois, quando havia uma abertura suficiente para minha cabeça, fazia atravessar uma lanterna furta-fogo toda, toda fechada, para que nenhuma luz saísse, e depois colocava minha cabeça para dentro. Ah, como ririas se visses a astúcia de minha intrusão! Movia-me devagar – bem, bem devagar – para não perturbar o sono do velho. Levei uma hora para passar minha cabeça pela abertura a ponto de poder vê-lo deitado na cama. Arrá! Teria alguém louco agido de maneira tão sábia? Então, quando minha cabeça estava toda dentro do quarto, abri a porta da lanterna cuidadosamente... oh, tão cuidadosamente... cuidadosamente (pois as dobras rangiam)... abri de modo que um único raio fino fosse lançado sobre o olho de abutre. E isso fiz por sete longas noites – todas as noites precisamente à meia-noite –, mas sempre encontrava o olho fechado, e então era impossível cumprir a tarefa; pois não era o velho que me afligia, mas o Mau Olhado que vinha de sua órbita. E toda manhã, quando o dia raiava, eu ia audaciosamente ao seu quarto e falava com ele de modo corajoso, chamando-o pelo nome com um tom caloroso e perguntando como passara a noite. Notas, então, que ele teria de ser um velho deveras profundo para de fato suspeitar que toda noite, às doze em ponto, eu o observava enquanto ele dormia.

Na oitava noite, tive mais cautela do que o normal ao abrir a porta. Um ponteiro de minutos se movia mais rápido do que minha mão. Nunca antes daquela noite *senti* a extensão de meus poderes; de minha sagacidade. Mal conseguia conter a sensação de triunfo. E pensar que lá estava eu, abrindo a porta, aos pouquinhos, e ele sequer sonhava com meus feitos ou pensamentos secretos. Dei um risinho considerável ante a ideia; e talvez ele tenha escutado, pois se remexeu na cama de repente, como se tivesse tomado um susto. Deves achar que recuei... mas não. Seu quarto estava um completo breu de escuridão espessa (pois as venezianas estavam fechadas e trancadas, por medo de ladrões), então eu sabia que ele não conseguiria enxergar a porta se abrindo, e segui abrindo-a regularmente, regularmente.

Coloquei minha cabeça para dentro e estava prestes a abrir a lanterna, quando meu polegar escorregou no fecho metálico e o velho ergueu-se na cama, gritando:

– Quem está aí?

Mantive a quietude e não disse nada. Por uma hora inteira não movi um músculo e, enquanto isso, não o ouvi deitar-se. Ele ainda estava sentado na cama, com os ouvidos aguçados – assim como eu fiquei, noite após noite, atentando para os escaravelhos na parede.

Pouco depois, ouvi um ligeiro gemido, e sabia ser um gemido de terror mortal. Não era um gemido de dor ou lamúria – ah, não! –, era o som baixo e sufocado que vem do fundo da alma quando esta é sobrepujada pelo medo. Conhecia bem o som. Muitas noites, à meia-noite em ponto, quando o mundo inteiro dormia, ele emergia de meu próprio peito, aprofundando, com seu eco temível, os terrores que me distraíam. Disse que o conhecia bem. Sabia como o velho se sentia e tive pena dele, embora no fundo risse. Sabia que ele ficara desperto desde o primeiro som ligeiro, quando se remexeu na cama. Os temores desde então cresciam nele. Ele tentava pensar neles como desprovidos de causa, mas não conseguia. Dizia a si mesmo:

– Não é nada mais do que o vento na chaminé… É só um rato passando pelo chão… É só um grilo que trilou uma única vez.

Sim, ele tentava confortar-se com tais suposições, mas descobria que era em vão. *Tudo em vão*; pois a Morte, ao aproximar-se do velho, ficou com sua sombra negra diante dele e envolveu a vítima. E foi a influência deplorável dessa sombra invisível que o fez sentir – embora não enxergasse nem escutasse –, *sentir* a presença de minha cabeça no quarto.

Quando tinha esperado um longo tempo, com muita paciência, sem ouvi-lo deitar-se, decidi abrir um pouquinho uma abertura muito, muito pequena na lanterna. Então, a abri – não podes imaginar com quanta, quanta discrição – até que, finalmente, um único raio fraco, como um fio de aranha, lançou-se da abertura e recaiu sobre o olho de abutre.

Estava aberto – escancarado – e a fúria cresceu em mim conforme o fitava. Vi-o com distinção perfeita: um grande azul apagado, com um véu hediondo que arrepiava até mesmo a medula de meus ossos; mas não conseguia ver nada do rosto ou da pessoa do velho, pois havia direcionado o raio, como que por instinto, precisamente ao local maldito.

Agora, não te disse que o que tomas por loucura é, na verdade, acuidade dos sentidos? Então, digo-te, veio a meus ouvidos um som baixo, surdo e rápido, como faz um relógio envolvido em algodão. Também conhecia bem *esse* som. Era o pulso do coração do velho. Ele aumentou minha fúria, como as batidas de um tambor estimulam a coragem de um soldado.

Mas, mesmo assim, contive-me e permaneci imóvel. Quase não respirava. Segurava a lanterna sem me mexer. Tentava com toda a firmeza possível manter o raio no olho. Enquanto isso, as batidas infernais do coração aumentaram. Ficavam cada vez mais rápidas e cada vez mais altas a cada instante. O terror do velho *tinha* de ser extremo! Aumentava, digo-te, aumentava a cada momento!

Prestas atenção ao que digo? Disse-te que sinto nervosismo: de fato sinto. E agora, no calar da noite, em meio ao silêncio horrível da casa velha, um barulho estranho como esse me instigava a um terror incontrolável. Apesar disso, por mais alguns minutos contive-me e continuei imóvel. Mas as batidas ficavam mais, mais altas! Achei que o coração explodiria. E então, tomou-me uma nova ansiedade: o som seria escutado por um vizinho! A hora do velho havia chegado! Com um grito alto, abri por completo a lanterna e saltei para dentro do quarto. Ele berrou uma vez – só uma vez. Num instante, arrastei-o para o chão e coloquei o colchão pesado sobre ele. Então, sorri alegre, ao ver que o feito até então tivera êxito. Mas, por muitos minutos, o coração seguia batendo com um som abafado. Isso, porém, não me atormentava; não seria escutado fora daquelas paredes. Por fim, cessou. O velho estava morto. Removi o colchão e examinei o cadáver. Sim, estava totalmente, completamente morto. Coloquei minha mão no coração e a mantive ali por muitos minutos. Não havia pulso. Estava completamente morto. Seu olho não me perturbaria mais.

Se ainda achas que sofro de insanidade, não acharás mais depois que eu descrever as precauções sensatas que tomei para esconder o corpo. A noite caía e eu trabalhava com pressa, mas em silêncio. Antes de tudo, desmembrei o cadáver. Cortei a cabeça, os braços e as pernas.

Depois, peguei três tábuas do chão do quarto e coloquei todas entre os caibros. Então, recoloquei as tábuas com tanta sagacidade, tanta astúcia, que nenhum olho humano – nem mesmo *o dele* – poderia detectar algo de errado. Não havia nada para lavar; nenhuma mancha de qualquer tipo; nenhuma gota de sangue sequer. Tive muita cautela para evitar isso. Uma tina coletara tudo… haha!

Quando encerrei esses trabalhos, eram quatro horas – ainda escuro como a meia-noite. Assim que o sino anunciou a hora, houve uma batida à porta que dava para a rua. Fui abri-la de coração leve... pois o que eu tinha para temer *agora*? Entraram três homens, que se apresentaram, com perfeita graça, como oficiais de polícia. Um berro fora ouvido por um vizinho durante a noite; suspeitas de atos criminosos foram levantadas; informações foram levadas ao departamento de polícia e eles (os oficiais) foram encarregados de fazer uma busca pelo recinto.

Sorri – pois *o que* eu tinha a temer? Dei boas-vindas aos cavalheiros. O berro, expliquei, era meu, por causa de um sonho. O velho, mencionei, tinha ido para o interior. Levei meus visitantes por toda a casa. Convidei-os a conduzirem as buscas; e *com todo o rigor*. Levei-os, finalmente, ao quarto *dele*. Mostrei-lhes seus tesouros, guardados, intocados. No entusiasmo de minha confiança, levei cadeiras ao quarto e roguei que eles *ali* descansassem suas fadigas, ao passo que eu, com a audácia desenfreada de meu triunfo perfeito, coloquei meu próprio assento sobre o exato local sob o qual repousava o corpo da vítima.

Os policiais estavam satisfeitos. Meu *comportamento* os convencera. Eu estava com uma tranquilidade excepcional. Eles se sentaram e, enquanto eu respondia de modo jovial, eles conversavam acerca de cousas familiares. Mas, pouco depois, senti-me empalidecendo e desejei que fossem embora. Minha cabeça doía e eu sentia um zunido em minhas orelhas: mas eles ainda estavam sentados e ainda conversavam. O zunido ficou mais distinto... continuou e ficou mais distinto; falei mais livremente para livrar-me da sensação; mas ela continuava e ganhava distinção... até que, enfim, descobri que o ruído *não* vinha de minhas orelhas.

Sem dúvida, nesse momento, empalideci *bastante*; mas falei com mais fluência e uma voz elevada. Apesar disso, o som aumentava... e o que eu podia fazer? Era um som *baixo, surdo e rápido... como faz um relógio envolvido em algodão*. Arquejei em busca de fôlego... e, no entanto, os policiais não ouviram. Falei com mais rapidez, mais veemência, mas o som aumentava regularmente. Levantei-me e falei de frivolidades, num timbre alto e com gestos intensos; mas o som aumentava regularmente. *Por que* não iam embora? Eu andava de um lado para o outro com passos pesados, como se levado à fúria pelas observações dos homens… mas o som aumentava regularmente. Ai, meu Deus! *O que* eu podia fazer? Espumei, enfureci-me, praguejei! Brandi a cadeira na qual eu me sentava e a usei para atacar as tábuas, mas o barulho era mais alto do que tudo e continuava aumentando. Ficava mais alto, mais alto, *mais alto*! Deus Todo-Poderoso! Não, não! Eles ouviam! Suspeitavam! *Sabiam!* Estavam zombando de meu horror! Isso pensei e isso penso. Mas qualquer cousa era melhor do que aquela agonia! Qualquer cousa era mais tolerável do que aquele escárnio! Não aguentava mais aqueles sorrisos hipócritas! Senti que precisava gritar ou morrer! E agora… de novo! Ouve! Mais alto! Mais alto! Mais alto! *Mais alto!*

– Vilões! – gritei. – Cessai as dissimulações! Admito o ato! Arranquem as tábuas! Aqui, aqui! Eis aqui o pulso deste coração asqueroso!

A mascarada da Morte Vermelha

A "Morte Vermelha" há muito assolava o país. Nenhuma outra peste jamais havia sido tão fatal ou hedionda. O sangue era seu avatar e seu selo: a vermelhidão e o horror do sangue. Havia dores agudas, tontura repentina e depois sangramento copioso pelos poros, com dissolução. As manchas escarlates no corpo e principalmente no rosto da vítima eram a maldição da peste que lhe negavam o auxílio e a compaixão do próximo. E a infecção, o avanço e o desfecho da doença eram acontecimentos de meia hora.

Mas o príncipe Prospero demonstrava felicidade, destemor e sagacidade. Quando seus domínios foram despovoados pela metade, ele convocou à sua presença mil amigos saudáveis e alegres entre os cavaleiros e as damas de sua corte e, com eles, segregou-se na reclusão extrema de uma de suas abadias fortificadas. Era uma estrutura extensa e magnífica, criação do gosto excêntrico, porém augusto, do próprio príncipe. Um muro forte e altivo cercava-a. Esse muro tinha portões de ferro. Os cortesãos, depois de entrarem, usaram fornalhas e martelos pesados e soldaram os ferrolhos. Decidiram não deixar meios de entrada ou saída aos impulsos repentinos de desespero ou frenesi vindos de dentro. A abadia estava enormemente provisionada. Com precauções assim, os cortesãos talvez desafiassem o contágio. O mundo exterior tomaria conta de si. Enquanto isso, era tolice angustiar-se ou pensar. O príncipe providenciou todos os utensílios de lazer. Havia bufões, havia improvisadores, havia bailarinos, havia músicos, havia Beleza, havia vinho. Tudo isso e a segurança ficavam ali dentro. Do lado de fora, ficava a "Morte Vermelha".

Foi perto do fim do quinto ou sexto mês de sua segregação, e enquanto a peste se alastrava furiosamente para terras estrangeiras, que o príncipe Prospero entreteve seus mil amigos num baile de máscaras de uma magnificência deveras incomum.

Era uma cena voluptuosa, a mascarada. Mas primeiro me permitam falar dos cômodos nos quais ela ocorreu. Eram sete: uma galeria imperial. Em muitos palácios, porém, galerias assim formam um panorama reto, com as portas abrindo quase até a parede do outro lado, de modo que a vista de toda a extensão quase não seja obstruída. Aqui, o caso era bem diferente, como se podia esperar pelo amor do duque pelo *bizarro*. Os cômodos eram dispostos de forma tão irregular que a visão contemplava pouco mais de um por vez. A direção mudava em curvas fechadas a cada vinte ou trinta metros, e a cada curva havia um novo efeito. À esquerda e à direita, no meio de cada parede, uma janela gótica alta e estreita exibia vista para um corredor fechado que acompanhava a sinuosidade da galeria. Tais janelas eram vitrais cujas cores variavam de acordo com o matiz predominante das decorações do cômodo para o qual abriam. O da extremidade leste, por exemplo, era azul, e vividamente azuis eram suas janelas.

O segundo cômodo era roxo em seus ornamentos e tapeçarias, e aqui os vidros eram roxos. O terceiro era todo verde, assim como o eram as aberturas. O quarto era mobiliado e iluminado em laranja; o quinto, em branco; o sexto, em violeta. O sétimo aposento era envolto em tapeçarias de veludo negro penduradas em todo o teto e nas paredes, caindo pesadamente num carpete de mesmo material e matiz. Mas exclusivamente nesse cômodo, a cor das janelas não correspondia à das decorações. Os vitrais nelas eram escarlates – uma cor densa de sangue. Além disso, em nenhum dos sete aposentos havia qualquer lamparina ou candelabro entre a profusão de ornamentos dourados que se espalhavam e balançavam em suspenso do teto. Não havia luz de qualquer tipo emanando de candeia ou vela dentro da galeria de cômodos. Mas nos corredores que a acompanhavam, havia, do lado oposto de cada janela, um tripé pesado, sustentando um braseiro que projetava seus raios pelo vidro colorido e iluminava o ambiente com notável intensidade. E assim se produzia uma enorme variedade de aparências pomposas e fantásticas. Mas no cômodo mais a oeste, a sala negra, o efeito da luz do fogo, que jorrava nas tapeçarias escuras pelos vitrais tingidos de sangue, era extremamente medonho e produzia uma aparência tão intensa nos semblantes daqueles que o adentravam, que havia poucos da comitiva corajosos o suficiente para sequer entrarem em seu território.

Era nessa sala, também, que havia na parede mais a oeste um relógio gigante de ébano. Seu pêndulo balançava de um lado a outro com um clangor fraco, pesado e monótono; e, quando o ponteiro dos minutos dava uma volta no mostrador e a hora estava prestes a mudar, saía de seus pulmões de bronze um som claro e alto e profundo e excepcionalmente musical, mas com uma nota e ênfase tão peculiares que, a cada período de uma hora, os músicos da orquestra eram compelidos a parar por um momento a performance a fim de dar ouvidos ao som; e então, os valsistas paravam forçosamente suas evoluções e havia um breve desconcerto de toda a companhia alegre; e, enquanto o carrilhão do relógio ainda soava, observava-se que as pessoas mais zonzas empalideciam, e os mais sedados e de idade mais avançada colocavam as mãos na testa como se estivessem sob a confusão de devaneios ou meditações. Mas quando os ecos acabavam em definitivo, um riso leve imediatamente permeava o baile; os músicos olhavam uns para os outros e sorriam como se achassem graça no próprio nervosismo e tolice, e faziam votos em sussurro, uns para os outros, de que o próximo toque do relógio não produziria neles emoção similar; e então, após se passarem sessenta minutos (que englobam três mil e seiscentos segundos do Tempo que voa), vinha outro soar do relógio, e ocorriam os mesmos desconcerto e agitação e meditação que antes.

Mas, apesar dessas cousas, foi uma festa alegre e magnífica. Os gostos do duque eram peculiares. Ele tinha um olho afinado para cores e efeitos. Ignorava a decoração de mera moda. Seus planos eram audaciosos e ardentes, e suas concepções brilhavam com um fulgor bárbaro. Havia alguns que o considerariam louco. Seus seguidores sentiam que ele não era. Era preciso ouvi-lo e vê-lo e tocá-lo para *ter certeza* de que ele não era.

Ele conduziu, em grande parte, os embelezamentos móveis dos sete cômodos, na ocasião dessa grande festa; e foi a própria direção de seu gosto que caracterizou os mascarados. Esteja certo de que eram grotescos. Havia muita luz e brilho e ardência e fantasia... muito do que desde então foi visto em *Hernani*.[9] Havia figuras arabescas com membros e acessórios incompatíveis. Havia visões delirantes como as que os loucos formavam. Havia muito do belo, muito do libertino, muito do *bizarro*, algo do terrível, e mais do que um pouco do que talvez estimulasse o nojo. De um lado a outro dos sete cômodos espreitava, inclusive, uma

---

9   Peça de Victor Hugo. (N.E.)

profusão de sonhos. E eles – os sonhos – contorciam-se por todas as direções, absorvendo o matiz dos ambientes e fazendo a música desvairada da orquestra parecer ecoar seus passos. E, logo, soa o relógio de ébano que fica na sala de veludo. E então, por um momento, tudo para, e tudo se aquieta, com exceção da voz do relógio. Os sonhos ficam rijos e congelados conforme esperam. Mas os ecos do carrilhão morrem – duraram somente um instante – e um riso leve e parcialmente contido paira depois que eles partem. E agora novamente a música aumenta, e os sonhos vivem, e contorcem-se de um lado para o outro com mais alegria do que nunca, tomando o matiz dos vários vitrais pelos quais se banhavam com os raios dos tripés. Mas no cômodo que fica mais a oeste dos sete, não há no momento nenhum mascarado aventurando-se; pois a noite se acaba, e por lá flui uma luz mais rubra pelos vitrais cor de sangue; e o negrume das cortinas amedronta; e àqueles cujos pés estão no tapete preto, vem do relógio de ébano próximo um clangor abafado mais solenemente enfático do que qualquer um que chegasse aos ouvidos *deles*, que esbanjavam nas alegrias mais remotas dos outros aposentos.

Mas esses outros aposentos estavam densos de pessoas e neles pulsava febrilmente o coração da vida. E a festa seguiu aos rodopios, até que enfim começou o som da meia-noite no relógio. E então, a música parou, como eu relatei; e as evoluções dos valsistas aquietaram-se; e houve uma cessação incômoda de todas as cousas como antes. Mas agora havia doze badaladas a serem emitidas pelo sino do relógio; e assim aconteceu, e talvez mais do pensamento se espreitou, com mais tempo, nas meditações dos pensativos entre os que festejavam. E talvez por isso também ocorreu que, antes que os últimos ecos do último toque tivessem caído em completo silêncio, houve muitos indivíduos na multidão que encontraram o relaxamento ao tomar ciência da presença de uma figura mascarada que antes não chamara a atenção de indivíduo algum. E tendo o rumor acerca dessa nova presença se espalhado aos sussurros, depois de um tempo emergiu, de toda a comitiva, um burburinho, ou murmúrio, expressando desaprovação e surpresa... e então, finalmente, terror, horror e repulsa.

Numa aglomeração de fantasias como a que pintei, era de se supor que nenhuma aparência comum teria instigado tal sensação. Na verdade, a liberdade mascarada da noite era quase ilimitada; mas a figura em questão era mais do que malévola e ia além dos limites, mesmo do decoro quase infinito do príncipe. Há acordes nos corações dos mais displicentes que não podem ser tocados sem emoção. Mesmo para os completamente perdidos, para os quais a vida e a morte são igualmente risíveis, há assuntos dos quais não se faz piada. A comitiva inteira, de fato, parecia agora sentir profundamente que na roupa e na postura do estranho não existia graça nem propriedade. A figura era alta, esquelética e estava envolvida da cabeça aos pés em vestimentas de túmulo. A máscara que escondia o semblante era feita para se assemelhar tanto ao rosto de um cadáver enrijecido que o exame mais minucioso teria tido dificuldade em detectar o disfarce. E, no entanto, tudo isso talvez tivesse sido tolerado, ou até aprovado, pelos farristas desvairados presentes. Mas o mascarado chegou inclusive a assumir o aspecto da Morte Vermelha. Suas vestes estavam borrifadas de *sangue* – e sua testa ampla, com todos os traços do rosto, estava salpicada com o horror escarlate.

Quando os olhos do príncipe Prospero recaíram sobre essa imagem espectral (que, com um movimento lento e solene, como se para manter seu *papel* com maior plenitude, espreitava por entre os valsistas de um lado a outro), ele pareceu convulsionar, inicialmente com um arrepio intenso ou de terror ou de desgosto; mas, no instante seguinte, sua fronte se ruborizou de raiva.

– Quem ousa? – ele exigiu saber, com voz áspera, aos cortesãos que estavam próximos a ele. – Quem ousa insultar-nos com essa zombaria blasfema? Prendam-no e desmascarem-no; assim saberemos quem devemos enforcar ao amanhecer, nas ameias!

Era no cômodo mais a leste, o azul, que o príncipe Prospero estava quando emitiu essas palavras. Elas ressoaram pelos sete ambientes em alto e bom som, pois o príncipe era um homem valente e robusto, e a música fora silenciada com um gesto de sua mão.

Ocorreu no quarto azul, onde estava o príncipe com um grupo de cortesãos pálidos a seu lado. Inicialmente, ao falar, houve um ligeiro movimento impetuoso desse grupo em direção ao intruso, que, no momento, também estava próximo, e então, com uma passada deliberada e majestosa, aproximou-se mais do falante. Mas, devido a certo assombro sem nome com o qual as suposições a respeito do mascarado haviam inspirado o grupo, não houve ninguém que se prontificasse a detê-lo; dessa forma, desimpedido, ele passou a quase um metro do príncipe e – enquanto a vasta multidão, como se num único impulso, retraía-se do centro dos ambientes para as paredes – seguiu seu caminho ininterruptamente, e com o mesmo passo solene e calculado que o distinguira desde o começo, da sala azul até a roxa; da roxa à verde; da verde à laranja; dessa de novo até a branca; então daí à violeta, antes que um movimento decisivo fosse feito para apreendê-lo. Foi então, porém, que o príncipe Prospero, enlouquecendo de raiva e vergonha de sua própria covardia momentânea, correu às pressas pelos seis cômodos, sem que ninguém o acompanhasse devido a um terror mortal que dominava a todos. Ele segurou no alto uma adaga que sacara e aproximou-se, numa impetuosidade veloz, ficando a mais ou menos um metro da figura em retirada, quando o último, tendo chegado à extremidade do ambiente aveludado, virou-se de repente e confrontou aquele que o seguia. Houve um grito agudo... e a adaga caiu brilhando no tapete negro, sobre o qual, instantes depois, caiu na prostração da morte o príncipe Prospero. Então, evocando a coragem descontrolada do desespero, uma multidão entre os farristas imediatamente se lançou ao ambiente negro e, agarrando o mascarado, cuja figura alta estava ereta e imóvel à sombra do relógio de ébano, ofegaram com horror impronunciável ao descobrir a mortalha e a máscara cadavérica que atacaram com tanta violência vazias de qualquer forma tangível.

E agora, reconheceu-se a presença da Morte Vermelha. Ela veio como um ladrão na noite. E um a um caíram os farristas nos salões orvalhados de sangue em que faziam sua farra, e morreram cada um na posição de desespero em que caiu. E a vida do relógio de ébano se foi com a do último entre os alegres. E as chamas dos tripés se apagaram. E as Trevas e a Deterioração e a Morte Vermelha detinham domínio ilimitado sobre tudo e todos.

A ruína da Casa de Usher

Son cœur est un luth suspendu;
Sitôt qu'on le touche il résonne.[10]
De Béranger

Durante a totalidade de um dia enfadonho, escuro e silencioso de outono, quando as nuvens estavam opressivamente baixas no céu, andei sozinho, a cavalo, por uma região interiorana peculiarmente lúgubre; no fim, encontrava-me, conforme os tons do anoitecer aumentavam, no campo de visão da melancólica Casa de Usher. Não sei como, mas, ao primeiro vislumbre do edifício, uma insuportável sensação tenebrosa invadiu meu espírito.

---

10 "Seu coração é um alaúde suspenso; / Assim que o tocam, ele ressoa", em francês. (N.E.)

Digo insuportável porque a sensação não vinha com o alívio daquele sentimento parcialmente prazeroso, pois poético, com o qual a mente geralmente recebe mesmo as mais severas imagens naturais do assolado ou terrível. Contemplava a cena diante de mim – a mera casa e a simples paisagem da propriedade; as paredes tristes; as janelas vazias de aspecto ocular; algumas espiguetas; e alguns troncos brancos de árvores deterioradas – com uma extrema depressão da alma que não posso comparar com nenhuma sensação terrena melhor do que compararia com o pós-sonho de um farrista sob efeito de ópio: o amargo retorno à vida cotidiana; a horrenda retirada do véu. Havia um congelamento, um aperto, um mal-estar do coração; uma tristeza de pensamento não mitigada que nenhuma incitação da imaginação poderia distorcer na forma de algo sublime. O que era, parei para pensar, que me aborrecia tanto ao observar a Casa de Usher? Era um mistério totalmente sem solução; também era incapaz de lidar com as conjecturas sombrias que se amontoavam em mim conforme eu ponderava. Fui forçado a recorrer à conclusão insatisfatória de que embora, sem dúvida, *haja* combinações de vários objetos naturais simples que têm o poder de nos afetar dessa maneira, a análise desse poder ainda reside em considerações além de nosso alcance. Era possível, refleti, que um arranjo meramente diverso de peculiaridades no cenário, de detalhes da imagem, seria suficiente para modificar ou talvez eliminar sua capacidade de causar uma impressão pesarosa. Agindo segundo essa ideia, parei meu cavalo na beirada íngreme de um lago negro e lúgubre que repousava com esplendor sereno perto à morada, e olhei para baixo – com um arrepio ainda maior do que antes –, para as imagens remodeladas e invertidas das espiguetas cinzentas e os caules de árvores espectrais; e as janelas desocupadas que pareciam olhos.

Independentemente disso, nessa mansão de trevas eu me propus, no momento, uma estada de algumas semanas.

Seu proprietário, Roderick Usher, foi um de meus amigos próximos na juventude; mas muitos anos se passaram desde nosso último encontro. Uma carta, porém, recentemente chegara a mim de uma região distante do país; uma carta dele, que, a seu modo extremamente insistente, não aceitava nenhuma resposta que não fosse pessoalmente. O manuscrito tinha sinais de agitação nervosa. O redator falava de uma doença corporal aguda, de uma doença mental que o oprimia e de um desejo sincero de ver-me, como seu melhor – e inclusive o único – amigo pessoal, visando tentar, com a alegria de minha sociedade, obter algum alívio de sua moléstia. Foi o modo com o qual tudo isso, e muito mais, foi dito – o *coração* evidente que expunha com seu pedido – que não me deu lugar para hesitação, e aquiesci assim ao que ainda considerava uma convocação muito singular.

Embora, quando éramos garotos, tenhamos sido colegas até mesmo íntimos, eu ainda sabia muito pouco acerca de meu amigo. Sua discrição sempre fora excessiva e costumeira. Eu tinha ciência, porém, de que sua família muito antiga era famosa, desde que se tem notícia, por sensibilidade e natureza peculiar, o que foi demonstrado por várias épocas, em muitas obras de belas-artes, e representado, mais recentemente, em gestos repetidos de caridade generosa, mas discreta, bem como por devoção apaixonada às complexidades, e talvez mais do que às belezas ortodoxas e facilmente reconhecíveis, da ciência da música. Descobri também o fato bastante notável de que a árvore genealógica dos Usher, por mais continuamente honrosa que fosse, em nenhum momento produziu um ramo duradouro. Em outras palavras: a família inteira residia em uma linha de descendência direta, e sempre, com variações muito superficiais e muito efêmeras, seguiu desse modo. Era essa deficiência – considerei enquanto refletia sobre a manutenção perfeita da personalidade do recinto condizente com a personalidade atribuída às pessoas e especulava acerca da possível influência que uma, ao longo dos séculos, pode ter exercido sobre a outra –, era essa deficiência, talvez colateral, e a consequente transmissão sem desvios, de pai para filho, do patrimônio com o nome, que tinha, por muito tempo, identificado ambas as cousas de modo a mesclar o nome original do espólio ao título singular e ambíguo de "Casa de Usher" – um título que parecia referir-se, na mente da plebe que o empregava, tanto à família como à mansão familiar.

Eu disse que o único efeito de meu experimento um tanto infantil – o de olhar para dentro do lago – havia sido o de aprofundar a primeira impressão singular. Não pode haver dúvida de que a consciência que eu tinha do aumento rápido em minha superstição – pois por que não assim descrevê-la? – servia principalmente para acelerar ainda mais esse aumento. Essa, há muito tempo aprendi, é a lei paradoxal de todos os sentimentos que têm o terror como base. E pode ter sido apenas por essa razão que, quando tornei a erguer meus olhos em direção à casa em si, a partir de sua imagem no corpo d'água brotou em minha mente uma ideia estranha; uma ideia tão ridícula, inclusive, que só a menciono para mostrar a força vívida das sensações que me oprimiam. Havia desenvolvido minha imaginação a ponto de acreditar de fato que, ao redor de toda a mansão e terreno, havia uma atmosfera peculiar a eles e às suas redondezas – uma atmosfera que não tinha afinidade alguma com os ares do céu, mas que adquirira o fedor das árvores deterioradas, e o muro cinzento e o lago silencioso: uma névoa pestilenta e mística que era carregada, inerte, vagamente discernível e com cor de chumbo.

Desvencilhando de meu espírito o que *só podia* ter sido um sonho, perscrutei com mais minúcias a verdadeira aparência da construção. Sua principal característica parecia ser a de uma antiguidade excessiva. A descoloração das épocas fora grande. Fungos minúsculos se espalhavam por todo o exterior, suspensos numa teia entrelaçada nas beiradas. No entanto, tudo isso estava alheio a qualquer deterioração extraordinária. Nenhuma parte da alvenaria havia caído; e parecia haver enorme inconsistência entre a ainda perfeita acomodação das partes e a condição desintegrada das pedras individuais. Isso muito me lembrava uma peça antiga de carpintaria aparentemente inteira que apodreceu por vários anos num porão abandonado, sem ser perturbada por lufadas do ar externo. Além dessa indicação de degradação extensa, porém, o material dava pouco sinal de instabilidade. Talvez o olho de um observador rigoroso descobrisse uma fissura quase imperceptível, que, estendendo-se do telhado na fachada do edifício, descia pela parede ziguezagueando até se perder nas águas escuras do lago.

Percebendo essas cousas, percorri um passadiço curto que levava à casa. Um criado à espera pegou meu cavalo e eu entrei na arcada gótica do salão de entrada. Outro criado, de passo discreto, então me conduziu em silêncio por várias passagens escuras e intrincadas a caminho do *escritório* de seu mestre. Muito do que vi no caminho contribuiu, não sei por que, para aumentar os sentimentos vagos que já mencionei. Ao passo que os objetos a meu redor – os entalhes do teto, as tapeçarias sombrias nas paredes, o negrume de ébano no assoalho, os troféus heráldicos fantasmagóricos que ressoavam conforme eu caminhava – eram apenas cousas às quais eu me acostumara desde a infância, ou similares a cousas assim; ao passo que eu hesitava em não reconhecer como tudo isso era familiar, ainda me surpreendia ao perceber como não eram familiares as fantasias que essas imagens comuns alimentavam. Numa das escadarias, deparei-me com o médico da família. Seu semblante, pensei, era uma expressão que misturava baixa astúcia com perplexidade. Ele se aproximou de mim com trepidação e seguiu seu caminho. O criado em seguida abriu uma porta e conduziu-me à presença de seu mestre.

O quarto no qual me encontrei era grande e elevado. As janelas eram longas, estreitas e pontudas; e ficavam tão longe do chão de carvalho negro que eram totalmente inacessíveis a partir dele. Raios fracos de luz ruborizada passavam pelas vidraças com treliças, bastando para distinguir de modo suficiente objetos mais proeminentes nos arredores; o olho, porém, esforçou-se em vão para chegar aos cantos mais remotos da câmara, ou os recessos do teto arqueado e ornado. Cortinas escuras estavam penduradas nas paredes. A mobília no geral era abundante, desconfortável, antiga e esfarrapada. Muitos livros e instrumentos musicais estavam espalhados, mas sem conseguir adicionar qualquer vitalidade ao cenário. Senti que respirava uma atmosfera de pesar. Um ar de melancolia inflexível e profunda pairava e permeava tudo.

Ante minha entrada, Usher levantou-se do sofá no qual estava deitado com o corpo inteiro e me cumprimentou com um afeto vivaz que tinha nele, pensei inicialmente, muito de uma cordialidade exagerada – do esforço compulsório do homem mundano afligido por *ennui*. Todavia, uma olhada rápida em seu semblante convenceu-me de sua total sinceridade. Sentamo-nos e, por alguns momentos, enquanto ele não falava, contemplei-o com uma sensação que era metade pena, metade espanto. Sem dúvida, nenhum homem havia antes sofrido uma alteração tão terrível, num período tão curto, como Roderick Usher! Foi com dificuldade que consegui convencer-me da identidade do ser pálido diante de mim como a de meu amigo do início da juventude. No entanto, o aspecto de seu rosto sempre fora notável. Uma compleição cadavérica; um olho grande, líquido e luminoso de forma incomparável; lábios relativamente finos e muito pálidos, mas com excelente curva de beleza; um nariz de molde hebreu delicado, mas com largura de narina atípica em formações similares; um queixo finamente moldado, cuja falta de protuberância expressava também falta de energia moral; cabelos de suavidade e fragilidade similares a teias de aranha. Tais características, com uma expansão irregular acima das regiões das têmporas, compunham um semblante nada fácil de se esquecer. E agora, no mero exagero dos traços mais prevalecentes e da expressão que tendem a transmitir, residia tanta mudança que tive dúvidas com relação a com quem falava. A palidez agora fantasmática da pele e o brilho milagroso agora nos olhos foram o que, acima de tudo, assustaram-me e até amedrontaram-me. O cabelo sedoso também teve dificuldades em crescer discretamente e à medida que ele, com sua textura de teia descontrolada, pairava mais do que recaía sobre o rosto, eu não era capaz, nem esforçando-me, de ligar sua expressão arabesca com qualquer noção de simples humanidade.

Assim como meu amigo, fui imediatamente acometido por uma incoerência – uma discrepância – e logo notei que isso decorria de uma série de esforços débeis e infrutíferos para superar uma trepidação costumeira; uma agitação nervosa excessiva. Para algo dessa natureza, eu estava de fato preparado, menos por sua carta e mais por recordações de certos traços de menino e conclusões deduzidas a partir de sua configuração e natureza físicas. Suas ações eram alternadamente vivazes e sorumbáticas. Sua voz variava rapidamente de uma indecisão trêmula (quando os espíritos animais pareciam suspensos por completo) àquela forma de concisão energética – àquela enunciação abrupta, grave e vazia; àquela pronúncia gutural pesada, equilibrada e perfeitamente modulada – que pode ser observada no bêbado perdido, ou no comedor de ópio irrecuperável, durante seus períodos de excitação mais intensa.

Foi então que ele abordou o motivo de minha visita, de seu desejo sincero de ver-me e do conforto que ele esperava que eu lhe trouxesse. Ele entrara, havia algum tempo, no que ele considerava a razão de sua moléstia. Era, ele disse, um mal familiar e essencial, para o qual ele desesperadamente buscava um remédio; uma mera enfermidade nervosa, ele logo acrescentou, que sem dúvida passaria. Ela se manifestava com uma série de sensações desnaturais.

Algumas delas, do modo como ele detalhava, interessaram-me e confundiram-me; embora, talvez, as palavras e a forma geral de sua narração tenham exercido peso. Ele sofria gravemente de uma agudez mórbida dos sentidos; apenas a comida mais insípida era tolerável; ele apenas conseguia vestir trajes de certa textura; os odores de todas as flores eram opressivos; seus olhos eram torturados mesmo por uma luz fraca; e só sons peculiares, e aqueles de instrumentos de cordas, não lhe inspiravam horror.

A uma espécie de terror anômalo ele se revelou escravo.

– Hei de morrer – disse –, é certo que irei morrer dessa tolice deplorável. Assim, assim, e não de outro modo, hei de partir. Temo os eventos do futuro, não por si mesmos, mas por seus resultados. Arrepio-me com a ideia de qualquer incidente, mesmo o mais trivial, que possa operar sobre essa intolerável agitação da alma. Não tenho, na verdade, aversão alguma ao perigo, exceto pelo seu efeito absoluto... pelo terror. Nessa condição exasperada, nessa condição deplorável, sinto que o período chegará mais cedo ou mais tarde quando eu tiver de abandonar a vida e a razão, em algum conflito com o horrível fantasma, o MEDO.

Descobri, depois, em intervalos, e com dicas incompletas e ambíguas, outra característica peculiar de sua condição mental. Ele estava acorrentado a certas impressões supersticiosas com relação à habitação que ele ocupava e de onde, por muitos anos, ele nunca havia se aventurado a sair, devido a uma influência cuja força supersticiosa foi comunicada com termos sombrios demais para aqui reproduzi-los; uma influência cujas peculiaridades na mera forma e conteúdo dessa mansão familiar havia, mediante longo sofrimento, segundo ele, adquirido seu corpo; um efeito que a *matéria* das paredes e torres cinzentas e do lago escuro que todos eles contemplavam havia, com o tempo, causado ao *moral* de sua existência.

Contudo, ele admitia, embora com hesitação, que boa parte da tristeza peculiar que o afligia podia ser atribuída a uma origem mais natural e muito mais palpável: ao grave e há muito prolongado adoecimento – e inclusive ao passamento evidentemente iminente – de uma irmã muito querida; sua única companheira por muitos anos; sua última e única parente na Terra.

– Sua morte – ele disse, com um amargor que jamais esquecerei – o tornaria (ele, o frágil e sem salvação) o último da antiga linhagem dos Usher. – Enquanto falava, a dama Madeline (pois assim se chamava) passou vagarosamente por uma parte remota da residência e, sem notar minha presença, desapareceu. Observei-a com total espanto que não era desprovido de medo. No entanto, achei impossível explicar tais sentimentos. Uma sensação de letargia me oprimiu conforme meus olhos seguiram seus passos de retirada. Quando uma porta, enfim, fechou-se entre ela e nós, meu olhar buscou instintiva e avidamente o semblante do irmão; mas ele havia afundado o rosto nas mãos, e só consegui notar que uma palidez muito mais acentuada do que o comum havia se espalhado pelos dedos esquálidos que transpareciam muitas lágrimas emocionadas.

A doença da dama Madeline há muito aturdia as habilidades de seus médicos. Uma apatia estável, um degaste gradual da pessoa e afetações frequentes, mas passageiras de caráter cataléptico compunham o diagnóstico incomum. Até então, ela havia resistido firmemente à pressão da moléstia, e não se dirigira definitivamente à cama; mas, no cair da noite de minha chegada à casa, ela sucumbiu (como seu irmão me disse à noite com uma agitação inexprimível) ao poder extenuante do destruidor, e descobri que o vislumbre que eu obtive de sua pessoa seria provavelmente o último que eu havia de obter; que a dama, pelo menos enquanto estivesse viva, não seria mais vista por mim.

Por vários dias depois disso, seu nome não era mencionado nem por Usher, nem por mim; e, durante esse período, ocupei-me com esforços sinceros para aliviar a melancolia de meu amigo.

Pintávamos e líamos juntos; ou eu escutava, como num sonho, os improvisos indômitos de seu violão expressivo. E assim, conforme uma intimidade cada vez mais próxima me acolhia mais francamente às profundezas de seu espírito, maior o amargor com o qual eu notava a ineficácia de todas as tentativas de alegrar uma mente da qual as trevas, como se fossem uma qualidade inerentemente positiva, expeliam sobre todos os objetos do universo físico e moral, numa incessante radiação de melancolia.

Sempre carregarei comigo lembranças das muitas horas solenes que passei a sós com o mestre da Casa de Usher. Porém, eu não teria sucesso em tentativa alguma de transmitir qualquer noção ou aspecto exato dos estudos ou das tarefas nos quais ele me envolveu ou pelos quais me conduziu. Uma idealidade excitada e altamente desordenada lançou um clarão sulfuroso em tudo. Suas melodias fúnebres longas e improvisadas tocarão para sempre em meus ouvidos. Entre outras cousas, mantenho dolorosamente em mente certa perversão e amplificação singular do solo indomável da Última Valsa de von Weber.[11] Com as pinturas sobre as quais sua imaginação elaborada meditava e que aumentavam, pincelada a pincelada, a imprecisão que me fazia arrepiar ainda mais profundamente, porque me arrepiava sem saber por que... com essas pinturas (tão vívidas quanto suas imagens agora estão diante de mim) eu tentava em vão inferir mais do que uma parcela pequena que pudesse residir nos limites de meras palavras escritas. Pela extrema simplicidade, pela crueza de seus desenhos, ele prendia e intimidava a atenção. Se um dia houve um mortal que pintou uma ideia, esse mortal era Roderick Usher. Pelo menos para mim – nas circunstâncias que então me rodeavam –, emergiu das puras abstrações que o hipocondríaco projetou sobre a tela uma

---

11 A música em questão é uma composição de Carl Gottlieb Reissiger, equivocadamente atribuída a Carl Maria von Weber. (N.E.)

intensidade de pavor intolerável, da qual não senti nem uma sombra até hoje, mesmo diante dos devaneios certamente luminosos, ainda que excessivamente concretos, de Füssli.

Um dos conceitos fantasmagóricos de meu amigo, participando de forma menos rígida do espírito da abstração, pode ser representado, ainda que debilmente, por palavras. Uma pequena imagem mostrava o interior de uma caverna ou túnel retangular e imensamente longo, com paredes baixas, liso, branco e sem interrupções ou artifícios. Certos pontos acessórios do projeto eram bons em comunicar a ideia de que essa escavação estava a uma extrema profundeza sob a superfície da terra. Nenhuma saída era observada em parte alguma de sua vasta extensão; e nenhuma tocha ou outra fonte artificial de iluminação era discernível. No entanto, uma abundância de raios intensos percorria a passagem, banhando-a inteira num esplendor medonho e inapropriado.

Falei há pouco da condição mórbida do nervo auditivo que tornava toda música intolerável ao acometido, com exceção de certos efeitos de instrumentos de corda. Era, talvez, o limite estreito ao qual ele se confinava no violão, que gerava, em grande parte, a característica fantástica de suas performances. Mas o *desembaraço* fervoroso de seus *improvisos* não podia ser explicado dessa maneira. Eles devem ter sido, e eram, nas notas, bem como nas palavras de suas fantasias desenfreadas (pois não era infrequente que ele acrescentasse improvisos verbais rimados), o resultado da intensa serenidade e concentração mental à qual me referi anteriormente como algo observável somente em momentos particulares do mais alto estímulo artificial. As palavras de uma dessas rapsódias lembrei com facilidade. Fiquei talvez mais impetuosamente impressionado com ela quando ele a realizou porque, na camada oculta ou mística de seu significado, supus perceber, pela primeira vez, uma consciência plena da parte de Usher do vacilo de sua elevada razão em seu altar. Os versos, intitulados

"O palácio assombrado", eram muito próximos, se não exatamente, ao seguinte:

I
No mais verde desses vales,
Que bons anjos abrigara,
Um palácio antes belo
Radiante vira a cara.
No Intelecto do monarca,
Ali para!
Serafim não bate asas
Em seda menos clara.

II
Amarelas as bandeiras
Hasteadas no telhado;
(Tudo isso ocorrido
Em um tempo já passado)
E cada sopro do ar gentil,
Naquele doce dia,
Por todo o muro emplumado,
Um odor alado partia.

III
Os errantes neste vale
Por janelas luminosas viram
Uma dança de espíritos,
Sob o som de uma lira,
Ao redor do trono estavam
(Porfirogenia!)
Com a glória condizente
O governante que não se via.

IV

E com as pedras preciosas,
As portas palaciais
Então passagem dão a um fluxo
Que brilhava ainda mais:
A tropa de Ecos designada
A nada além da beleza
Das vozes com as quais cantavam
Para a Sua sábia Alteza.

V

Mas cousas más em vestes tristes
Arrasaram o rei e o lar
(Ah, lamentemos, pois agora
A manhã a ele não virá!)
A glória de sua propriedade,
Antes viva e abundante,
Virou história esquecida
Do tempo morto de antes.

VI

E hoje quem viaja ao vale,
Pelas janelas vê distante
A dança de formas fantásticas
De uma melodia dissonante
E como um rio veloz terrível
Pela porta frágil irá passar
A turba horrenda infinita
Que ri… mas sorriso não há.

Lembro bem que as sugestões emergentes dessa balada nos levaram a uma linha de pensamento na qual se manifestou uma opinião de Usher que menciono não por seu caráter inédito (pois outros homens[12] haviam pensado nisso), mas sim pela obstinação com a qual ele a mantinha. Essa opinião, resumidamente, era a da sapiência de todos os seres vegetais. Mas em sua imaginação desordenada, a ideia adquiria um tom mais ousado e invadia, em certas condições, o reino da desorganização. Faltam-me palavras para expressar a amplitude ou o sincero *entusiasmo* de sua crença. Ela, porém, está ligada (como sugeri antes) às pedras cinzentas na casa de seus ancestrais. As condições da sapiência estavam ali, ele imaginou, cumpridas pelo método de encaixe dessas pedras, na ordem que foram colocadas, além dos vários fungos que se espalharam nelas, das árvores deterioradas ao redor… e sobretudo a duração longa e ininterrupta dessa disposição e sua imagem duplicada nas águas paradas do lago. A prova – a prova de sapiência – podia ser vista, segundo ele (e eu me sobressaltei quando ele falou), na condensação gradual, mas certa, de uma atmosfera própria em torno das águas e das paredes. O resultado era perceptível, ele acrescentou, na influência silenciosa, mas insistente e terrível, que por séculos moldou o destino de sua família, e que fizeram *dele* o que eu agora via… o que ele era. Essas opiniões dispensam comentários, e abdicarei de fazê-los.

Nossos livros – os livros que, por anos, formaram uma parcela nada pequena da existência mental do inválido – eram, como se pode supor, estritamente condizentes com esse caráter fantasmático. Estudamos juntos obras como *Vert-Vert* e *La Chartreuse*, de Gresset; o *Belfagor*, de Maquiavel; *O Céu e o Inferno*, de Swedenborg; *A viagem subterrânea de Niels Klim*, de Holberg; a *Quiromancia*, de Robert Fludd, Jean D'Indaginé e De la Chambre; *A viagem à distância azul*, de Tieck; e *A cidade do Sol*, de Campanella. Um volume favorito era

---

12   Watson, dr. Percival, Spallanzani e principalmente o bispo de Llandaff. Ver *Chemical Essays*, vol. V. (N.E.)

uma pequena edição em *octavo* do *Directorium inquisitorum*, pelo dominicano Eymerich de Girona; e havia passagens de Pompônio Mela acerca dos antigos sátiros e faunos africanos com as quais Usher sonhava por horas a fio. Seu principal deleite, todavia, foi encontrado no exame de um livro gótico em *quarto* excessivamente raro e curioso; o manual de uma igreja esquecida: o *Vigiliae Mortuorum secundum Chorum Ecclesiae Maguntinae*.

Não conseguia deixar de pensar no ritual inacreditável dessa obra, e de sua provável influência sobre o hipocondríaco quando, uma noite, ao informar-me abruptamente que a dama Madeline não estava mais entre nós, ele declarou sua intenção de preservar o corpo por uma quinzena (antes de seu confinamento final) numa das várias câmaras dentro das paredes principais do prédio. No entanto, a razão mundana atribuída a esse procedimento singular era uma que eu não me sentia na liberdade de contestar. O irmão havia tomado essa decisão (pelo que me disse) por considerar o aspecto atípico da moléstia da falecida, de certos inquéritos importunos e ávidos por parte dos médicos dela, e da situação remota e exposta do cemitério da família. Não nego que quando me veio à mente o semblante sinistro da pessoa com a qual me deparei na escadaria, no dia de minha chegada, não tive desejo de opor-me ao que considerava uma precaução meramente inofensiva e de forma alguma antinatural.

A pedido de Usher, ajudei-o pessoalmente na organização do sepultamento provisório. Após o corpo ser colocado no caixão, apenas nós dois cuidamos de seu descanso. A câmara na qual o colocamos (e que ficara tanto tempo sem ser aberta que nossas tochas, quase sufocadas por sua atmosfera opressiva, mal nos deram oportunidade para investigações) era pequena, úmida e completamente desprovida de maneiras de receber luz, localizada a grande profundidade e diretamente abaixo da porção da mansão que era meu próprio dormitório. Aparentemente era usada, em tempos feudais remotos, para as piores funções de uma torre de menagem e, posteriormente, como local de depósito de pólvora ou outra substância altamente combustível, visto que parte do chão e o completo interior de uma arcada que percorremos para chegar lá estavam cuidadosamente revestidos de cobre. A porta, de ferro maciço, também tinha proteção similar. Seu peso imenso causava um rangido atipicamente agudo conforme movia as dobradiças.

Ao depositar nossa carga fúnebre em cavaletes nessa área de horror, abrimos em parte a tampa do caixão, ainda a ser selada, e contemplamos o rosto de sua residente. Uma similaridade chocante entre irmão e irmã foi o que primeiro chamou minha atenção, e Usher, talvez imergindo em meus pensamentos, murmurou palavras pelas quais descobri que a falecida e ele eram gêmeos, e que harmonias de uma natureza quase ininteligível sempre existiram entre eles. Nossos olhares, contudo, não permaneceram muito tempo na morta, pois não conseguíamos observá-la sem nos atemorizarmos. A doença que havia sepultado a dama no fim da juventude deixara, como é típico de doenças de caráter estritamente cataléptico, uma imitação de rubor fraco no peito e no rosto, e aquele sorriso suspeito e remanescente nos lábios que é tão terrível na morte. Recolocamos e selamos a tampa e, após trancarmos a porta de ferro, subimos, com dificuldade, até os recintos ligeiramente menos sombrios das partes superiores da casa.

E então, passados alguns dias do luto amargo, uma mudança observável ocorreu nas características do distúrbio mental de meu amigo. Seu comportamento comum sumiu. Suas ocupações habituais foram negligenciadas ou esquecidas. Ele perambulava de cômodo a cômodo com passos apressados, irregulares e sem objetivo. A palidez de seu semblante adquiriu, se é que era possível, um tom mais fantasmático; e a luminosidade de seu olho sumiu por completo. A rouquidão ocasional de seu tom não se ouvia mais, e uma voz trêmula, como a de alguém extremamente aterrorizado, caracterizava sua pronúncia. Havia momentos, inclusive, nos quais eu pensava que sua mente com frequência agitada se ocupava de um segredo opressivo, cuja revelação exigia que ele se esforçasse para ter a coragem necessária. Às vezes, eu novamente precisava atribuir tudo aos meros caprichos inexplicáveis da loucura, pois o via contemplando o vazio por longas horas, numa postura da mais profunda atenção, como se estivesse ouvindo um som imaginário. Não era de se surpreender que sua condição aterrorizasse... que infectasse a mim. Senti disseminar em mim, em graus lentos, mas definitivos, as influências indomadas de suas próprias superstições fantásticas, porém impressionantes.

Foi especialmente ao recolher-me tarde da noite à cama, no sétimo ou oitavo dia após colocarmos a dama Madeline na câmara, que senti a total potência desses sentimentos. O sono sequer se aproximou de meu leito enquanto as horas passavam e passavam. Debatia-me por meio da razão contra o nervosismo que me dominava. Esforçava-me para acreditar que muito, se não tudo, do que eu sentia devia-se à influência desorientadora da mobília sombria do quarto – das cortinas escuras e esfarrapadas que, torcidas e movimentadas pelo sopro de uma tempestade crescente, ondulavam de maneira espasmódica, aproximando-se e afastando-se das paredes, e farfalhavam de maneira incômoda pelos adornos da cama. Mas meus esforços foram em vão. Um tremor irreprimível aos poucos invadiu meu corpo e, com o tempo, assentou-se em meu próprio coração um íncubo de alarme totalmente sem causa. Afastando isso com um ofego e um esforço, ergui o corpo acima dos travesseiros e, olhando com seriedade para a escuridão intensa do quarto, atentei – não sei por que, fora o fato de que um espírito instintivo me estimulou – a certos sons baixos e indefinidos que vinham, por entre as pausas da tempestade, em intervalos longos, sem que eu soubesse de onde vinham. Tomado por uma sensação intensa de horror inexplicável e intolerável, vesti-me com pressa (pois senti que não dormiria mais durante a noite) e busquei sair da condição deplorável na qual eu ficara andando rapidamente de um lado para o outro dos aposentos.

Havia dado poucas voltas desse modo quando um passo leve numa escadaria adjacente captou minha atenção. Imediatamente o reconheci como de Usher. No instante seguinte ele bateu, com um toque leve, à minha porta e entrou com uma lamparina na mão. Sua tez estava, como sempre, cadavericamente descorada... mas, além disso, havia uma espécie de hilaridade desvairada nos olhos – uma *histeria* claramente contida em toda a sua conduta. Seu ar me assustava... mas qualquer cousa era preferível à solidão que suportei por tanto tempo, e até recebi sua presença como um alívio.

– E não viste? – ele disse abruptamente, após alguns momentos fitando em silêncio. – Não viste, então? Mas fica! Hás de ver. – Falando assim, e escurecendo sua lamparina com cuidado, ele foi a uma das janelas e a abriu por completo para a tempestade.

A fúria impetuosa da ventania que entrava quase tirou nossos pés do chão. Era, de fato, uma noite tempestuosa, mas rigorosamente bela; e incrivelmente única em seu terror e sua beleza. Um vendaval parecia ter acumulado força em nossa vizinhança, pois havia alterações frequentes e violentas na direção do vento, e a densidade excessiva das nuvens (que estavam tão baixas a ponto de se imporem sobre as torres da casa) não nos impediu de notar a velocidade viva com a qual elas voavam de todas as partes e umas contra as outras sem se desfazerem à distância. Digo que mesmo a densidade excessiva delas não evitou que percebêssemos, mas não tínhamos vislumbre algum da lua ou das estrelas, nem havia nenhum lampejo de relâmpago. Mas as superfícies inferiores das grandes massas de vapor agitado, bem como todos os objetos terrestres em nossas imediações, brilhavam à luz nada natural da exalação gasosa ligeiramente luminosa e distintamente visível que pairava na mansão e a envolvia.

– Não deves... não hás de contemplar isto! – falei, arrepiado, a Usher e o levei da janela a um assento, com violência gentil. – Essas aparências que te desorientam são meros fenômenos elétricos que não são incomuns... ou pode ser que eles tenham sua origem fantasmática no miasma rançoso do lago. Fechemos esta janela; o ar está gelado, o que é danoso a seu corpo. Eis aqui um de teus romances favoritos. Hei de lê-lo, e tu hás de escutar. E assim passaremos juntos esta noite terrível.

O volume antigo que eu havia pegado era o *Assembleia dos loucos*, de Sir Launcelot Canning; mas eu o chamara de um dos favoritos de Usher mais como piada do que sinceramente; pois, na verdade, há pouco em sua prolixidade desajeitada e sem imaginação que poderia ter interessado a idealidade elevada e espiritual de meu amigo. Foi, porém, o único livro que rapidamente encontrei por ali; e alimentei uma vaga esperança de que a agitação que agora afetava o hipocondríaco podia ser aliviada (pois a história dos distúrbios mentais é cheia de anomalias similares), mesmo com a extrema tolice que eu havia de ler. Na verdade, se eu julgasse pelo ar de vivacidade forçado com o qual ele escutava, ou aparentemente escutava, as palavras do conto, poderia congratular-me pelo sucesso de meu plano.

Cheguei à parte bem conhecida da história, na qual Ethelred, o herói da história, após buscar em vão um acolhimento pacífico na morada do ermitão, entra à força com sucesso. Aqui, há de se lembrar, as palavras da narrativa correm da seguinte forma:

> *E Ethelred, que era por natureza de coração valoroso, e agora além disso estava vigoroso, graças à potência do vinho que bebera, não esperou mais para negociar com o ermitão – que, de fato, era de uma tendência obstinada e maliciosa – e, sentindo a chuva nos ombros e temendo o temporal iminente, ergueu sua maça e, com golpes, abriu espaço nas tábuas da*

porta para sua mão e manopla; a partir disso, passou a rom-
per e arrancar e a destruir tudo, de modo que o som da ma-
deira seca e oca reverberou pela floresta em alarme.

Ao terminar este trecho, sobressaltei-me e, por um momento, parei; pois me parecia (embora eu logo tenha concluído que minha imaginação agitada me enganara)... parecia-me que de alguma área remota da mansão vinha, indistintamente, a meus ouvidos, o que podia ser, por sua característica similar, o eco (embora certamente um eco abafado e fraco) do próprio som de madeira sendo rompida e arrancada que Sir Launcelot descrevera com tanta particularidade. Foi, sem dúvida, a coincidência em si que chamou minha atenção; pois, em meio aos tremores dos caixilhos das janelas e os sons habituais da tempestade crescente misturados, o som em si não continha nada, na verdade, que tivesse me interessado ou perturbado. Continuei a história.

Mas Ethelred, o campeão do bem, agora entrando pela
porta, ficou severamente furioso e surpreso ao não notar
sinal algum do ermitão malicioso; no lugar dele, havia
um dragão de aparência escamosa e prodigiosa e de língua
flamejante, em posição de guarda diante de um palácio de
ouro, com chão de prata; e na parede havia pendurado um
brasão de latão brilhante com a legenda inscrita:
Aquele que aqui entrar, um conquistador será;
Aquele que matar o dragão, o escudo ganhará.
E Ethelred levou a maça ao alto, e golpeou a cabeça do
dragão, que caiu perante ele, e soltou seu hálito incômodo,
com um berro tão horrendo e áspero e além disso tão pene-
trante, que Ethelred foi obrigado a selar as orelhas com as
mãos contra o seu ruído pavoroso, inigualável a qualquer
cousa ouvida antes.

Nisso, outra vez, parei abruptamente e, agora com uma sensação de estupefação descontrolada – pois não havia dúvida alguma de que, desta vez, ouvi de fato (embora fosse impossível de se dizer de que direção vinha), grave e aparentemente distante, mas áspero e prolongado, um som de grito ou rangido deveras anormal; a contraparte exata do que minha imaginação havia conjurado como o berro desnaturado do dragão conforme descrito pelo romancista.

Por mais que estivesse, com a ocorrência dessa segunda coincidência extraordinária, oprimido por sensações conflitantes mil, entre as quais a surpresa e o terror extremo predominavam, ainda mantive presença de espírito suficiente para evitar instigar, com qualquer observação, o nervosismo sensível de meu companheiro. Não estava de modo algum certo de que ele tinha notado os sons em questão; embora, sem dúvida, uma alteração estranha houvesse, durante os minutos anteriores, surgido em sua postura. De uma posição de frente para mim, ele gradualmente virou sua cadeira, de modo a se sentar frente à porta do cômodo; e assim eu conseguia notar seus traços apenas de modo parcial, embora eu visse que seus lábios tremiam como se ele murmurasse algo inaudível. Sua cabeça havia caído em direção ao peito; no entanto, eu sabia que ele não dormia, pela abertura ampla e rígida dos olhos da qual obtive um vislumbre lateral. O movimento de seu corpo também estava em desacordo com essa hipótese, pois ele balançava de um lado a outro numa oscilação gentil, mas constante e uniforme. Ao rapidamente percebê-lo, continuei a narrativa de Sir Launcelot, que assim prosseguia:

> *E agora, o campeão, após escapar da terrível fúria do dragão, refletindo sobre o escudo metálico, e sobre a anulação do encanto que havia sobre ele, removeu a carcaça diante do seu caminho e aproximou-se valorosamente ao*

pavimento prateado do castelo que tinha o escudo na parede; escudo esse que não esperou sua chegada plena, mas caiu aos seus pés no chão de prata, com um som deveras potente e terrível de um tinido.

Mal haviam essas sílabas passado por meus lábios quando – como se um escudo de latão houvesse, naquele momento, caído com força num chão de prata – tomei ciência de uma reverberação distinta, oca, metálica e ressoante, mas aparentemente abafada. Completamente perturbado, fiquei de pé num salto, mas a oscilação comedida de Usher seguiu inalterada. Corri até a cadeira na qual ele estava sentado. Seus olhos estavam fixamente curvados e ao longo de todo o seu semblante reinava uma rigidez pétrea. Mas, quando coloquei minha mão em seu ombro, um arrepio forte percorreu toda a sua pessoa; um sorriso doentio tremeu em seus lábios; e vi que ele falava num murmúrio baixo, apressado e incoerente, como se não notasse minha presença. Curvando-me para me aproximar dele, enfim absorvi o significado hediondo de suas palavras.

– Não escuto? Sim, escuto, e *já escutei*. Há muito… muito… muito… há vários minutos, várias horas, vários dias, escutei… porém, não ousei… Ai de mim, coitado infeliz que sou! Não ousei… *não ousei* falar! *Colocamo-la viva na tumba!* Não disse que meus sentidos eram aguçados? *Agora* te digo que ouvi seus primeiros movimentos débeis no caixão vazio. Escutei-os… há muitos, muitos dias… mas não ousei… *não ousei falar!* E agora… esta noite… Ethelred… haha! A destruição da porta do ermitão, e o grito de morte do dragão, e o estrondo do escudo! Em vez disso, o despedaçamento do caixão e o rangido das dobradiças de ferro de seu cárcere, e seus esforços dentro da arcada de cobre da câmara! Para onde devo fugir? Ela não estará aqui em breve? Não vem logo para repreender-me por minha pressa? Não ouvi seus passos na escada? Não distingui a horrível pulsação pesada de seu coração? Um louco! – Nisso, ele ficou em pé num salto furioso e berrou suas sílabas, como uma tentativa de abdicar de sua alma. – Louco! Digo-te que ela agora já está do outro lado da porta!

Como se na energia sobre-humana de sua pronúncia fosse encontrada a potência de um feitiço, as enormes tábuas antigas para a qual o emissor apontava abriram lentamente, naquele instante, suas mandíbulas pesadas de ébano. Era obra da ventania crescente... mas então, do lado oposto a essas portas, *estava* a silhueta imponente e coberta da dama Madeline de Usher. Havia sangue em seu manto branco e evidências de um esforço penoso em toda parte de sua compleição definhada. Por um momento, ela continuou tremendo e oscilando contra e na direção do limiar; então, com um gemido baixo, caiu para dentro sobre a pessoa de seu irmão, e em sua agonia de morte violenta e desta vez final, levou-o ao chão em forma de cadáver, tornando-o vítima dos terrores que previra.

Do quarto, e da mansão, fugi horrorizado. A tempestade lá fora ainda caía com toda a sua fúria quando me vi cruzando o velho passadiço. De repente, lançou-se sobre o caminho uma luz frenética e virei-me à procura de observar de onde um brilho tão atípico poderia emergir; pois a enorme casa e sua sombra eram as únicas cousas atrás de mim. O fulgor era da lua poente, cheia e vermelha como o sangue, que brilhava vividamente por aquela fissura antes quase indiscernível, que mencionei anteriormente, estender-se do telhado do prédio ziguezagueando até a base. Enquanto eu olhava, a fissura ampliou-se com rapidez... veio uma baforada feroz do vendaval... o orbe inteiro do satélite irrompeu de uma vez em minha vista... meu cérebro vacilou quando vi as paredes imponentes desabarem – houve um grito tumultuoso e longo como a voz de milhares de águas... e o lago profundo e úmido a meus pés engoliu lúgubre e em silêncio os fragmentos da "Casa de Usher".

O poço e o pêndulo

Impia tortorum longas hic turba furores
Sanguinis innocui, non satiata, aluit.
Sospite nunc patria, fracto nunc funeris antro,
Mors ubi dira fuit vita salusque patent.[13]

(Quadra composta para os portões de um mercado a ser erguido no local do Clube Jacobino em Paris.)

Eu estava doente – mortalmente doente com a agonia prolongada –, e quando enfim me desataram e permitiram que eu sentasse, percebi meus sentidos me deixarem. As palavras da terrível sentença de morte foram as últimas cujas acentuações distintas chegaram a meus ouvidos. Depois disso, o som de vozes inquisitivas pareceu misturar-se num zunido onírico indefinido. Transmitia à minha alma a ideia de *revolução*... talvez por causa de sua associação imaginativa com os discos de um moedor. Isso foi apenas por um período curto, pois logo não ouvia mais. No entanto, por um tempo, via, mas com que exagero terrível! Via os lábios dos juízes em mantos negros. Pareciam-me brancos – mais brancos do que as folhas nas quais escrevo estas palavras – e magros num grau repugnante – magros com a intensidade de suas expressões de firmeza; de resolução inalterável; com o desdém austero da tortura humana. Vi que os veredictos daquilo que para mim era o Destino ainda saíam desses lábios. Vi-os retorcerem com uma locução mortífera. Vi-os formarem as sílabas de meu nome e arrepiei-me, pois nenhum som se sucedeu. Vi também, por alguns momentos de horror delirante, a ondulação suave e quase imperceptível das cortinas negras que envolviam as paredes do recinto. E então, minha visão recaiu sobre as sete velas altas à mesa. Inicialmente, elas assumiram o aspecto de caridade e pareciam anjos brancos e esguios que haviam de salvar-me; mas então, num único instante, uma náusea deveras letal acometeu meu espírito, e senti cada fibra de minha compleição vibrar como se eu tivesse tocado o fio de uma pilha galvânica, ao passo que as formas angelicais transformaram-se em espectros sem sentido com cabeças em chamas, e vi que delas eu não obteria ajuda. E então, adentrou minha mente, como uma nota musical encorpada, o pensamento de como seria doce o descanso no túmulo. O pensamento me ocorreu de forma gentil e sorrateira, e pareceu levar tempo antes de ser completamente reconhecido; mas assim que meu espírito passou a efetivamente os sentir e considerar, as figuras dos juízes sumiram, como se magicamente, diante de mim; as velas altas mergulharam no nada; as chamas desapareceram por completo; o negrume da escuridão veio em seguida; todas as sensações pareciam consumidas num declínio veloz e descontrolado, como se a alma caísse no Hades. Então, silêncio, inação e noite eram o universo.

Desmaiei, mas mesmo assim não digo que toda a consciência fora perdida. O que permanecera dela não tentarei definir ou mesmo descrever, mas nem tudo se perdeu. No profundo sono... não! No delírio... não! No desfalecimento... não! Na morte... não! Mesmo no túmulo, *nem tudo* está perdido. Caso contrário não há imortalidade para o homem. Despertando do mais profundo dos sonos, rasgamos a camada de teia de *algum* sonho. No entanto, um segundo depois (de tão frágil que nossa teia pode ser), não lembramos o que sonhamos. Na volta à vida do desfalecimento há dois estágios: primeiro, da sensação de existência mental ou espiritual; depois, da física. Parece provável que se, ao chegarmos ao segundo estágio, conseguimos lembrar as impressões do primeiro, constataríamos seu efeito eloquente nas memórias do abismo do além. E esse abismo é... o quê? Como devemos no mínimo distinguir suas sombras daquelas dos túmulos? Mas se as impressões daquilo que denominei como o primeiro estágio não são, sob comando, evocadas, elas, no entanto, após um longo intervalo, não surgem espontaneamente, deixando-nos maravilhados e nos perguntando de onde vieram? Aquele que nunca desmaiou não é quem encontra palácios estranhos e rostos incrivelmente familiares em brasa brilhante; não é quem observa pairando no ar as visões tristes que muitos não veem; não é quem medita acerca do perfume de uma nova flor; não é quem tem um cérebro cada vez mais desnorteado com o significado de uma cadência musical que nunca antes chamara sua atenção.

Entre esforços frequentes e ponderados para lembrar; entre empenho para recuperar algo análogo ao estado de aparente vazio no qual minha mente caíra, houve momentos nos quais eu sonhei que tinha êxito; houve períodos breves, muito breves, nos quais conjurei lembranças que a razão lúcida de um tempo posterior garantiu-me que só podia ser referente à condição de aparente inconsciência. Essas sombras de memória relatam, indistintamente, figuras altas que me ergueram e me carregaram em silêncio, descendo… descendo… ainda descendo… até que uma tontura hedionda me oprimiu com a mera ideia de uma descida interminável. Também relatam um horror vago em meu coração, devido à quietude anormal do coração em questão. Então, veio uma sensação de imobilidade repentina em todas as cousas; como se aqueles que me carregavam (um trem medonho!) houvessem ultrapassado, em sua descida, os limites do que não tinha limite e parado com a fadiga de sua labuta. Depois disso vêm à minha mente horizontalidade e umidade; e então, tudo é *loucura*; a loucura de uma memória que passa seu tempo entre cousas proibidas.

Muito repentinamente retornaram à minha alma movimento e som – o movimento tumultuoso do coração e, em meus ouvidos, o som dele pulsando. Então, uma pausa na qual tudo é um grande vazio. Então, som novamente, e movimento e tato – uma sensação formigante permeando minha compleição. Então, a mera consciência da existência, sem pensamento – uma condição que durou bastante tempo. Então, muito repentinamente, *pensamento*, e terror arrepiante, e esforço sincero em compreender meu estado real. Então, um desejo forte de recair na insensibilidade. Então, uma revitalização impetuosa da alma e um empenho exitoso em mover-me. E agora, uma memória completa do julgamento, dos juízes, das cortinas negras, da sentença, da doença, do desmaio. Então, o completo esquecimento de tudo que se seguiu; de tudo que outro dia e muita seriedade de esforço me permitiram lembrar vagamente.

Até então, não havia aberto meus olhos. Senti que estava deitado de costas, desatado. Estendi minha mão, que caiu pesada em algo úmido e duro. Então, tolerei que permanecesse ali por vários minutos, enquanto buscava imaginar onde eu poderia estar e *o que* eu poderia ser. Desejava, mas não ousava empregar minha visão. Temi o primeiro vislumbre de objetos a meu redor. Não é que eu temesse olhar para cousas horríveis, mas eu ficava cada vez mais aterrorizado com a possibilidade de que não houvesse *nada* para se ver. Depois de um tempo, com um desespero desvairado no coração, rapidamente descerrei meus olhos. Meus piores pensamentos, então, confirmaram-se. A pretidão da noite eterna me envolvia. Lutei para respirar. A intensidade das trevas parecia oprimir-me e sufocar-me. A atmosfera era insuportavelmente cerrada. Fiquei deitado e quieto e esforcei-me no exercício da razão. Trouxe à mente os procedimentos inquisitoriais e tentei a partir disso deduzir minha condição real. A sentença passara, e parecia-me que um intervalo muito longo de tempo havia transcorrido desde então. Todavia, em nenhum momento sequer supus-me de fato morto. Uma suposição como essa, não obstante o que lemos na ficção, é completamente discordante da existência real... mas onde e em que estado eu me encontrava? Sabia que os condenados à morte normalmente pereciam nos *autos da fé*, e um deles havia ocorrido exatamente na data de meu julgamento, à noite. Fora eu reencarcerado em meu calabouço, à espera do próximo sacrifício, que não ocorreria por vários meses? Esse, notei de imediato, não poderia ser o caso. Havia uma demanda imediata por vítimas. Além disso, meu calabouço, bem como as células dos condenados em Toledo, tinha chão de pedra, e a luz não era de todo ausente.

Uma ideia apavorante agora fazia meu sangue acelerar e jorrar em meu coração e, por um breve período, reincidi de novo na insensibilidade. Ao recuperar-me, pus-me de pé de imediato, tremendo convulsivamente em cada fibra minha. Lancei meus braços sem controle para cima e ao meu redor em todas as direções. Não senti nada, mas temia dar um passo, receando ser detido pelas paredes de *uma cripta*. A perspiração irrompia de todos os poros e se acumulava em gotas grandes em minha fronte. A agonia do suspense ficou depois de um tempo intolerável, e eu cuidadosamente avancei, com os baços estendidos e meus olhos fazendo força nas órbitas, na esperança de capturar um ligeiro raio de luz. Prossegui por vários passos, mas tudo ainda era escuridão e vazio. Respirei com mais liberdade. Parecia-me evidente que o meu, pelo menos, não era o pior dos destinos.

E agora, conforme eu continuava a avançar a passos cuidadosos, vieram numa enxurrada sobre minha lembrança milhares de rumores vagos a respeito dos horrores de Toledo. Dos calabouços de lá narravam-se cousas estranhas – sempre as considerei fábulas; mas ainda assim estranhas, e medonhas demais para se repetir, exceto aos sussurros. Será que fora deixado para morrer de fome no mundo subterrâneo das trevas? Senão que destino, talvez até mais terrível, aguardava-me? De que o resultado seria a morte, e uma morte com um amargor maior do que o habitual, eu conhecia muito bem o caráter de meus juízes para ter dúvidas. O modo e a hora eram tudo o que me mantinham ocupado ou distraído.

Minhas mãos esticadas depois de um tempo encontraram um obstáculo sólido. Era uma parede, aparentemente de alvenaria: bastante lisa, limosa e fria. Segui-a, andando com toda a desconfiança cuidadosa com a qual certas narrativas antigas me inspiraram. Esse processo, porém, não forneceu nenhuma forma de determinar as dimensões de meu calabouço; pois eu podia percorrer sua circunferência e voltar ao ponto de partida sem obter ciência desse fato, de tão perfeitamente uniforme que a parede parecia. Então, procurei a faca que estava antes em meu bolso, quando fui levado à câmara inquisitória, mas ela havia sumido; minhas roupas foram trocadas por um invólucro de sarja grosseira. Havia pensado em forçar a lâmina em alguma fresta minúscula da alvenaria, de modo a identificar meu ponto de partida. A dificuldade, ainda assim, foi meramente trivial; embora, com os distúrbios de minha imaginação, ela parecesse inicialmente insuperável. Rasguei parte da extremidade do manto e posicionei o fragmento esticado e perpendicular à parede. Ao percorrer meu cárcere apalpando-o, não deixaria de encontrar esse trapo quando completasse a volta. Ou pelo menos foi o que pensei; mas não havia considerado a extensão da masmorra ou de minha fraqueza. O chão estava úmido e escorregadio. Havia cambaleado por algum tempo quando tropecei e caí. Minha fadiga excessiva me induziu a permanecer prostrado; e o sono logo me tomou nessa posição.

Ao acordar e esticar um braço, encontrei a meu lado um pão e uma jarra d'água. Eu estava exausto demais para refletir sobre a circunstância disso, mas comi e bebi com avidez. Pouco depois, continuei meu passeio pela prisão e, com muito labor, enfim cheguei ao pedaço de sarja. Até o momento no qual caí, havia contado cinquenta e dois passos e, ao continuar minha caminhada, contei mais quarenta e oito até chegar ao trapo. Havia, então, cem passos e, considerando dois passos para cada metro, calculei que o calabouço tinha aproximadamente cinquenta metros de circunferência. No entanto, deparei-me com várias quinas na parede e por isso não consegui cogitar a forma da catacumba – pois não tinha como deixar de supor que uma catacumba fosse.

Eu não tinha exatamente um objetivo – definitivamente não tinha esperanças – nessas investigações; mas uma curiosidade vaga me estimulava a continuá-las. Afastando-me da parede, decidi cruzar a área do espaço. Primeiro, segui com extrema cautela, pois o chão, embora parecesse ser de material sólido, estava cheio de lodo traiçoeiro. Depois de um tempo, contudo, criei coragem e não hesitei em dar um passo firme, buscando fazer a travessia na linha mais reta possível. Avancei cerca de dez ou doze passos dessa forma quando o restante da borda rasgada de meu manto se enroscou entre minhas pernas. Pisei no tecido e caí violentamente de cara no chão.

Na confusão atentando para minha queda, não percebi de imediato uma circunstância um tanto espantosa que, segundos depois, enquanto ainda estava prostrado, chamou minha atenção. Era o seguinte: meu queixo tocava o chão da prisão, mas meus lábios e a parte superior de minha cabeça, embora aparentemente estivessem menos elevados do que o queixo, não tocavam nada. Ao mesmo tempo, minha testa parecia banhar-se de névoa densa, e o cheiro peculiar de fungos deteriorados subiu até minhas narinas. Estendi meu braço e arrepiei-me ao descobrir que eu havia caído bem na beirada de um poço circular cuja extensão, é claro, eu não tinha como determinar no momento. Apalpando a alvenaria logo abaixo da margem, tive sucesso em deslocar um pequeno fragmento e deixei-o cair no abismo. Por vários segundos, atentei para suas reverberações conforme ele corria pelas laterais do precipício em sua descida; depois de um tempo, houve um mergulho sombrio, sucedido por ecos altos. No mesmo momento, veio o som que parecia uma porta acima abrindo rapidamente e fechando na mesma velocidade, e um raio fraco de luz reluziu em meio à escuridão, e sumiu de modo igualmente repentino.

Vi claramente a perdição que me fora preparada e congratulei--me pelo acidente oportuno com o qual escapara. Outro passo antes da minha queda e o mundo não mais me veria. E a morte recém--prevenida era exatamente do tipo que eu considerava fantasioso e leviano nas histórias relativas à Inquisição. Às vítimas de sua tirania, havia a escolha de morte com suas agonias físicas mais horrendas ou morte com os horrores morais mais hediondos. Fui alocado à segunda. Com um longo sofrimento, meus nervos se esgotaram até eu tremer com o som de minha própria voz e ficar em todos os aspectos um sujeito adequado para a forma de tortura que me aguardava.

Tremendo com cada membro, voltei à parede apalpando o caminho, decidindo ali definhar em vez de arriscar os terrores dos poços, que minha imaginação agora projetava em várias partes do calabouço. Em outras condições mentais, eu talvez tivesse tido coragem de acabar com meu sofrimento de uma vez, com um mergulho num desses abismos; mas agora eu era o maior dos covardes. Também não conseguia esquecer o que havia lido sobre esses poços... que a extinção da vida *repentina* não compunha parte alguma do plano deveras horrível deles.

Uma agitação de espírito me manteve desperto por muitas horas; mas enfim voltei a dormir. Ao acordar, encontrei ao meu lado, como antes, um pão e uma jarra d'água. Uma sede ardente me consumia e eu esvaziei o recipiente num trago. Devia haver drogas misturadas nela, pois mal eu tinha bebido, não pude resistir à letargia. Um sono profundo me dominou... um sono como o da morte. O quanto durou, é claro, não sei; mas quando novamente descerrei meus olhos, os objetos ao meu redor estavam visíveis. Em razão de um brilho errático e sulfuroso, cuja origem não consegui determinar a princípio, pude notar a extensão e a aparência da prisão.

A respeito de seu tamanho eu estava muito enganado. A circunferência total das paredes não era maior do que vinte e cinco metros. Por alguns minutos, esse fato me causou um mundo de preocupação vã; de fato, vã: pois o que poderia ser menos importante, sob a terrível circunstância que me envolvia, do que as meras dimensões de meu calabouço? Mas minha alma se interessou incontrolavelmente com insignificâncias; e ocupei-me com esforços para explicar o erro que eu cometera na minha medição. A verdade enfim me ocorreu. Em minha primeira tentativa de exploração, contara cinquenta e dois passos, até o momento no qual caí: deveria então estar a um ou dois passos do pedaço de sarja; na verdade, tinha praticamente completado a volta na cripta. Então dormi e, ao acordar, devo ter dado os passos de volta, assim imaginando a circunferência quase o dobro do que era de fato. A confusão de minha mente fez com que eu não notasse que comecei meu trajeto com a parede à esquerda e terminei com ela à direita.

Também fui enganado com relação à forma do cárcere. Ao caminhar apalpando, encontrei muitas quinas, e assim deduzi ser uma área altamente irregular; tão potente é o efeito da escuridão total sobre alguém recém-saído da letargia ou do sono!

As quinas eram simplesmente algumas depressões ligeiras ou nichos em intervalos irregulares. A forma geral da prisão era quadrada. O que achei ser alvenaria agora parecia ser ferro, ou outro metal, em grandes placas, cujas junções e encaixes causavam a depressão. A superfície inteira dessa cela metálica era grosseiramente revestida com todos os artifícios hediondos e repugnantes das superstições sepulcrais que os monges difundiram. As imagens de demônios com feições de ameaça e formas de esqueleto, e outras visões genuinamente terríveis, espalharam-se e deformavam as paredes. Percebi que os contornos dessas monstruosidades eram suficientemente distintos, mas que as cores pareciam apagadas e turvas, como se sob efeito de uma atmosfera úmida. Agora também assimilava o chão, que era feito de pedra. No centro ficava o poço circular de cuja boca escapei; mas era o único no calabouço.

Tudo isso vi de forma indistinta e com muito esforço, pois minha condição pessoal foi muito afetada durante o sono. E agora eu estava deitado de costas, estirado sobre uma espécie de estrutura baixa de madeira. A ela eu estava firmemente amarrado por uma longa tira que lembrava uma sobrecilha. Passava em muitas voltas em meus membros e tronco, deixando livre apenas minha cabeça e parte do meu braço esquerdo para, com muito esforço, prover-me de comida de um prato de barro que repousava no chão ao meu lado. Vi, para meu horror, que a jarra fora retirada. Digo "para meu horror" porque era consumido por uma sede insuportável; sede essa que parecia ser o desejo de meus perseguidores estimular, pois a comida no prato era uma carne intensamente temperada.

Olhando para cima, contemplei o teto de minha prisão. Estava a mais ou menos dez metros acima e era construído da mesma maneira que as paredes. Numa de suas placas, uma figura bastante singular captou toda a minha atenção. Era uma pintura do Pai Tempo como ele normalmente é retratado, exceto que, no lugar de uma foice, ele segurava o que, por um vislumbre casual, imaginei ser a figura de um enorme pêndulo, como os vistos em relógios antigos. Havia algo, porém, na aparência desse artefato que me impeliu a analisar com mais atenção. Enquanto o contemplava olhando diretamente para cima (pois sua posição estava diretamente sobre a minha), imaginei vê-lo em movimento. Um instante depois, a imaginação se confirmou. Seu balanço era breve e, claro, lento. Olhei-o por alguns minutos, em parte com medo, mas principalmente com admiração. Cansado enfim de observar seu movimento monótono, voltei meus olhos para os outros objetos na cela.

Um ruído ligeiro atraiu minha atenção e, olhando para o chão, vi vários ratos enormes percorrendo-o. Eles haviam vindo do poço, que estava visível à minha direita. Mesmo naquele momento, enquanto eu observava, eles vinham em tropas, às pressas, com olhos vorazes, atraídos pelo aroma da carne. Foi necessário muito esforço e atenção para espantá-los e afastá-los dela.

Pode ter passado meia hora, talvez até mesmo uma hora (pois só tinha como registrar o tempo de modo imperfeito), antes que eu voltasse a lançar meus olhos para o alto. O que vi então me deixou confuso e surpreso. O cabo do pêndulo havia aumentado sua extensão em quase um metro. Como consequência natural, sua velocidade também era muito maior. Mas o que mais me perturbava era a noção de que havia perceptivelmente *descido*. Eu agora observava – com um horror óbvio – que sua extremidade inferior tinha uma forma de meia-lua de aço brilhante, com cerca de trinta centímetros de largura, de ponta a ponta, com as pontas voltadas para cima e a curva inferior claramente afiada como uma navalha. Igualmente como uma navalha, parecia sólida e pesada, suspensa na outra ponta por uma estrutura maciça e larga acima. Estava presa a uma barra de latão pesada, e o mecanismo todo *sibilava* ao balançar no ar.

Não podia mais ter dúvidas em relação à ruína preparada para mim pela engenhosidade dos monges para a tortura. Os agentes inquisidores agora sabiam da minha ciência do poço; *o poço*, cujos horrores eram destinados a um não conformista tão audacioso quanto eu; *o poço*, típico do inferno, e considerado pelos rumores o suprassumo de todos os seus castigos. O mergulho nesse poço evitei pelo mais mero acidente e eu sabia que a surpresa ou o tormento por causa da armadilha formavam parte importante de toda a aberração dessas mortes em calabouço. Não tendo caído, não era parte do plano do demônio lançar-me ao abismo; portanto (não havendo alternativa), uma destruição diferente e mais branda me aguardava. Branda! Dei um meio-sorriso em agonia enquanto pensava na aplicação desse termo.

De que adianta contar sobre as longas, longas horas de horror mais do que mortal, nas quais eu contava as oscilações de aço aceleradas! Centímetro a centímetro... fio a fio... com uma descida apenas notável em intervalos que pareciam uma eternidade... continuava descendo! Dias se passaram – pode ser que dias tenham se passado – antes que balançasse tão perto de mim a ponto de soprar em meu rosto com um hálito pungente. O odor do aço afiado se forçava em minhas narinas. Rezei – cansei o Céu com minha reza – por uma descida mais veloz. Fiquei freneticamente ensandecido e me debati para forçar meu corpo para cima, rumo aos movimentos da cimitarra horripilante. E então me senti repentinamente calmo, e sorri diante da morte cintilante, como uma criança diante de uma buginganga rara.

Houve outro intervalo de extrema insensibilidade; foi breve, pois, ao despertar novamente, não houve uma descida perceptível no pêndulo. Mas podia ter sido longo, pois eu sabia que havia demônios que acompanhavam meu desmaio e que poderiam ter interrompido a vibração por bel-prazer. Ao recuperar-me também me senti muito – ah, inexprimivelmente – enfermo e debilitado, como se sofresse de inanição prolongada. Mesmo em meio às agonias daquele período, a natureza humana desejava comida.

Com um esforço doloroso, estiquei meu braço esquerdo tão onge quanto minhas amarras permitiam e tomei posse das poucas sobras que os ratos deixaram para mim. Ao colocar uma porção em meus lábios, percorreu em minha mente um pensamento parcialmente formado de alegria... de esperança. E, no entanto, que propriedade *eu* tinha para ter esperança? Era, como disse, um pensamento parcialmente formado; têm-se muitos como esse, que nunca se completam. Senti que era alegria... esperança; mas também senti que pereceu enquanto se formava. Em vão, tentei aprimorá-lo... recuperá-lo. O sofrimento prolongado quase havia aniquilado todas as minhas capacidades comuns da mente. Eu era um imbecil; um idiota.

A vibração do pêndulo ficava perpendicular à minha extensão. Vi que a meia-lua estava posicionada para cruzar a região do coração. Desfiaria a sarja de meu manto... voltaria e repetiria seu procedimento... de novo... e de novo. Não obstante, seu arco de movimento terrivelmente amplo (cerca de nove metros ou mais) e o vigor sibilante de sua descida, suficiente para romper mesmo as paredes de ferro, o estrago em meu manto ainda seria tudo o que, por vários minutos, ela conquistaria. E, ao pensar isso, detive-me. Não ousava ir além dessa reflexão. Nela me demorei com pertinência e atenção; como se, nessa demora, eu poderia *ali* deter a descida do aço. Forcei-me a ponderar acerca do som da meia-lua quando ela passasse pela roupa; na sensação arrepiante e peculiar que a fricção do tecido produz nos nervos. Ponderei acerca de todas essas frivolidades até que cerrei os dentes.

Descendo... de modo constante e vagaroso. Sentia um prazer frenético em contrastar sua velocidade vertical com a lateral. Para a direita... para a esquerda... um balanço amplo... com o guincho de um espírito maldito! Para meu coração com o passo sorrateiro de um tigre! Eu alternava entre risos e gritos, conforme uma ou outra ideia ficava mais predominante.

Descendo... sem dúvida, sem piedade! Ela vibrava a menos de oito centímetros de meu peito! Debati-me de forma violenta, furiosa, para libertar meu braço esquerdo. Ele estava livre apenas do cotovelo à mão, que eu podia, com muito esforço, levar do prato a meu lado até minha boca, mas não além disso. Se eu conseguisse romper as amarras acima do cotovelo, teria agarrado e tentado parar o pêndulo. Para todos os efeitos, seria como tentar parar uma avalanche!

Descendo... ainda sem cessar... ainda inevitavelmente descendo! Ofegava e me debatia a cada vibração. Encolhia-me convulsivamente a cada balanço. Meus olhos seguiam seus giros acima e afora com a avidez de um desespero deveras involuntário; eles se fechavam espasmodicamente diante da descida, embora a morte teria sido um alívio – ai, que terrível! –, ainda me arrepiava em todos os nervos pensar como uma descida ligeira do maquinário resultaria naquele machado afiado e reluzente em meu peito. Era a *esperança* que fazia meu nervo tremer; a compleição, retrair-se. Era a *esperança* – a esperança que triunfa na ruína; que sussurra aos condenados à morte mesmo nos calabouços da Inquisição.

Vi que cerca de dez a doze oscilações levariam o aço a contato efetivo com minha roupa... e com essa observação de repente tomou meu espírito toda a calma aguçada e serena do desespero. Pela primeira vez em muitas horas – ou talvez dias – *pensei*. Nunca me ocorrera que a bandagem ou a sobrecilha que me envolvia era única. Não estava presa a cordas separadas. O primeiro golpe transversal da meia-lua afiada em qualquer parte da faixa a cortaria de tal forma que eu poderia desvencilhar minha pessoa com a mão esquerda. Mas que temível, nesse caso, seria a proximidade do aço! O resultado da menor resistência... que fatal! Além do mais, qual a probabilidade de que os lacaios do torturador não houvessem previsto e planejado de acordo com essa possibilidade? Seria provável que a bandagem atravessasse meu peito na trilha do pêndulo? Temendo ter minha frágil e, aparentemente, última esperança arruinada, elevei minha cabeça a fim de obter uma visão distinta de meu peito. A sobrecilha envolvia meus membros e meu corpo firme em todas as direções... *menos no caminho da meia-lua aniquiladora.*

Mal havia abaixado a cabeça de volta à posição original, quando veio um clarão em minha mente cuja melhor forma possível de descrever seria como a metade não formada da ideia de libertação à qual aludi anteriormente; parte dela apenas flutuava de forma indeterminada em meu cérebro quando levei comida a meus lábios ardentes. O pensamento inteiro agora estava presente – débil, quase nada são, quase nada definido... mas ainda inteiro. Prossegui imediatamente, com a energia nervosa do desespero, em busca de tentar cumpri-lo.

Por muitas horas, os arredores imediatos da estrutura baixa na qual eu estava deitado haviam estado literalmente infestados de ratos. Eles eram selvagens, audaciosos, vorazes... seus olhos vermelhos me encaravam de forma penetrante, como se esperassem pela minha mera imobilidade para fazer de mim sua presa. *A que comida*, pensei, *eles se acostumaram no poço?*

Eles haviam devorado, apesar de meus esforços para detê-los, quase todo o conteúdo do prato, deixando só um pequeno resto. Eu havia recorrido a um vaivém ou aceno de mão habitual sobre o prato e, com o tempo, a uniformidade inconsciente do movimento anulou seu efeito. Com sua ferocidade, as pragas muitas vezes fechavam suas presas afiadas em meus dedos. Com os pedacinhos de alimento oleoso e temperado que então restavam, esfreguei por toda parte a faixa onde era capaz de alcançar; então, tirando minha mão do chão, fiquei imóvel e sem respirar.

Inicialmente, os animais vorazes ficaram espantados e amedrontados com a mudança – com a cessação de movimento. Eles retraíram para trás, alarmados; muitos foram atrás do poço.

Mas isso foi apenas por um momento. Não foi em vão que contei com a voracidade deles. Observando que eu permanecia sem mover-me, um ou outro mais audaciosos subiram na estrutura e farejaram a sobrecilha. Isso pareceu o sinal para um avanço geral. Saindo do poço, eles correram em tropas novas. Agarraram a madeira, depois atravessaram-na e saltaram às centenas sobre minha pessoa. O movimento medido do pêndulo não os perturbava nem um pouco. Evitando seus golpes, eles voltavam sua atenção à bandagem ungida. Eles se impunham... aglomeravam-se sobre mim em pilhas cada vez maiores. Debatiam-se sobre meu pescoço; seus lábios frios buscavam os meus; eu estava quase sufocado pela pressão acumulada deles; um nojo para o qual não há palavra neste mundo enchia meu peito e gelava, com uma viscosidade pesada, meu coração. Mais um minuto e senti que a labuta acabaria. Claramente percebia o afrouxamento das amarras. Sabia que em mais de um lugar ela já devia ter sido rasgada. Com uma resolução mais do que humana, fiquei *imóvel*.

Nem eu errei em meus cálculos, nem resisti em vão. Enfim senti que estava *livre*. A sobrecilha estava suspensa em tiras saindo do meu corpo. Mas o golpe do pêndulo já pressionava meu peito. Partira a sarja de meu manto. Cortara o linho abaixo. Balançou mais duas vezes, e uma sensação aguda de dor percorreu todos os meus nervos. Mas o momento de fuga havia chegado. Com um movimento da minha mão meus libertadores afastaram-se apressada e tumultuosamente. Com um movimento decidido – cauteloso, lateral, encolhido e lento – deslizei para fora do abraço das amarras e longe do alcance da cimitarra. Pelo menos naquele momento, *estava livre*!

Livre... e nas garras da Inquisição! Mal havia saído de minha horrível cama de madeira e pisado no chão de pedra da prisão, quando o movimento da máquina infernal cessou, e a observei recolher-se para cima, por uma forma invisível, entrando no teto.

Essa foi uma lição que levei desesperadamente a sério: cada movimento meu sem dúvida era observado. Livre... Tinha apenas escapado da morte numa forma de agonia, para ser lançado a outra pior do que a morte. Com tal pensamento, passei meus olhos com nervosismo pelas barreiras de ferro que me cercavam. Algo atípico – uma mudança que, de início, não registrei distintamente –, era óbvio, ocorrera no cômodo. Por muitos minutos de uma abstração trêmula e onírica, ocupei-me com conjecturas vãs e desconexas. Durante esse período, tomei ciência, pela primeira vez, da origem da luz sulfurosa que iluminava a cela. Ela vinha de uma fissura, com pouco mais de um centímetro de espessura, estendendo-se por inteiro ao redor da prisão na base das paredes, que, sendo assim, pareciam e estavam completamente separadas do chão. Tentei, obviamente em vão, olhar através da abertura.

Quando me levantei após a tentativa, o mistério da alteração da câmara se resolveu de uma vez só em minha compreensão. Observei que, embora os contornos das figuras nas paredes fossem distintos o suficiente, as cores apesar disso pareciam borradas e indefinidas. Essas cores agora tinham assumido, e por ora seguiam assumindo, um brilho surpreendente e intenso, que dava aos retratos espectrais e diabólicos um aspecto que talvez tivesse arrepiado mesmo nervos mais firmes do que os meus. Olhos de demônio, com uma vivacidade indômita e apavorante, encaravam-me em milhares de direções, onde nada estava à vista antes, e brilhavam com o lustro lúrido de um fogo que eu não conseguia forçar minha imaginação a reconhecer como irreal.

Irreal! Mesmo enquanto eu respirava vinha a minhas narinas o hálito do vapor de ferro aquecido! Um odor sufocante permeava no cárcere! Um brilho mais profundo repousava a todo momento nos olhos que fitavam minhas agonias! Um tom mais encorpado de carmesim se difundiu sobre as imagens de horrores ensanguentados. Arquejei! Busquei fôlego! Não havia como ter dúvidas do plano de meus atormentadores... Ai! Os mais implacáveis! Ai! Os mais demoníacos entre os homens! Encolhi na direção contrária ao metal brilhante, para o centro da cela. Em meio aos pensamentos de destruição ardente que pendiam, a ideia do frio do poço surgiu em minha mente como bálsamo. Corri para sua margem mortal. Lancei minha vista forçada para baixo. O brilho do teto aceso iluminava seus recessos mais internos. Contudo, por um momento incrível, meu espírito se recusou a compreender o significado do que eu via. Por fim, ele se forçou; lutou para chegar à minha alma; gravou-se como ferro em brasa em minha razão trêmula. Ai! Que uma voz falasse! Ai! Horror! Ai! Qualquer horror menos este! Com um grito, afastei-me da margem e enfiei meu rosto nas mãos, chorando com amargor.

O calor aumentou com agilidade, e novamente olhei para cima, tremendo como se fosse um acesso de calafrio. Houve uma segunda mudança na cela; e agora a mudança estava obviamente na *forma*. Como antes, foi em vão que tentei inicialmente interpretar ou compreender o que ocorria. Mas não foi por muito tempo que tive dúvidas. A vingança da Inquisição foi acelerada por minha dupla evasão, e agora não haveria mais cerimônias com o Rei dos Terrores. O cômodo era quadrado. Vi que dois de seus ângulos de ferro eram agudos – e os outros dois, consequentemente, obtusos. A diferença temível rapidamente aumentou com um som grave de um ronco ou um queixume. Num instante, o cômodo mudara sua forma para a de um losango. Mas a alteração não parou nisso; eu não esperava nem desejava que parasse. Poderia ter colocado as paredes vermelhas em meu peito como uma vestimenta de paz eterna. *Morte*, pensei, *qualquer morte que não seja a do poço!* Tolo! Podia não saber que *dentro do poço* era para onde o ferro escaldante induzia-me a ir? Eu seria capaz de resistir a seu brilho? Ou, mesmo se o fizesse, conseguiria suportar sua pressão? E agora, cada vez mais plano ficava o losango, com uma rapidez que não me deixava tempo para contemplação. Seu centro e, claro, sua parte mais larga, ficavam justamente no abismo. Retraí-me... mas as paredes convergentes me pressionavam a seguir sem resistência. Por fim, para meu corpo queimado e retorcido não havia mais nem um centímetro de apoio para os pés no chão da prisão. Não mais resisti, mas a agonia de minha alma encontrou escape num último grito de desespero alto e prolongado. Senti que cambaleava para além da beirada... desviei meu olhar...

Houve um zunido dissonante de vozes humanas! Houve o alto som de muitas trombetas! Houve um rangido ríspido de mil trovões! As paredes escaldantes recuaram! Um braço esticado pegou o meu conforme eu caía, desmaiando, no abismo. Era o braço do general Lasalle. O exército francês adentrara Toledo. A Inquisição estava nas mãos de seus inimigos.

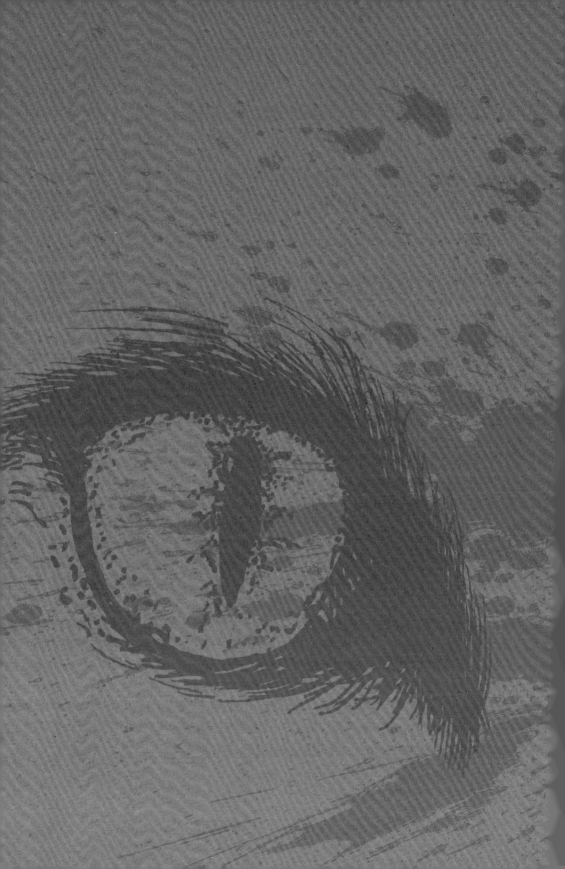

O gato preto

Na narrativa tão extraordinária, mas tão modesta, que estou prestes a redigir, não espero nem solicito crença. Seria de fato loucura esperá-la, num caso no qual meus sentidos rejeitam os indícios que eles mesmos coletaram. E, no entanto, louco não estou; e certamente não sonho. Mas amanhã morrerei, e hoje devo aliviar o peso de minha alma. Meu objetivo imediato é apresentar ao mundo de modo simples, sucinto e sem crítica uma série de eventos meramente domésticos. As consequências desses eventos aterrorizaram-me, torturaram-me, destruíram-me. No entanto, não tentarei interpretá-los. Para mim, eles não ofereceram muito além de Horror; para muitos, parecerão menos terríveis do que *barrocos*. Posteriormente, talvez, algum intelecto seja descoberto que reduzirá meu fantasma ao lugar-comum – um intelecto mais calmo, mais lógico e muito menos suscetível do que o meu, que perceberá, nas circunstâncias que detalho com espanto, nada além de uma sucessão banal de causas e efeitos deveras naturais.

Desde minha infância, fui notado pela docilidade e humanidade de meu temperamento. A ternura de meu coração era tão chamativa que me tornou a piada entre meus amigos. Tinha afeição especial por animais, e meus pais me agraciaram com uma enorme variedade de animais de estimação. Com eles passava a maior parte de meu tempo, e nunca estava tão feliz como quando os alimentava e acariciava. Essa peculiaridade cresceu conforme eu crescia e, em minha vida adulta, obtive dela uma de minhas principais fontes de prazer. Àqueles que nutriram uma afeição por um cão fiel e sagaz, mal preciso me dar ao trabalho de explicar a natureza ou a intensidade da gratificação obtenível. Há algo no amor altruísta e abnegado de uma criatura bruta que vai direto ao coração daquele que teve oportunidades frequentes para provar a amizade irrisória e a lealdade tênue do mero *Homem*.

Casei jovem e tive a felicidade de encontrar em minha esposa uma inclinação não destoante da minha. Observando minha predileção por animais domésticos, ela não perdia oportunidade de adquirir os de tipo mais agradável. Tínhamos pássaros, peixes-dourados, um excelente cachorro, coelhos, um macaquinho e *um gato*.

O último era um animal distintamente grande e belo, todo preto, e sagaz a um grau assombroso. Ao falar de sua inteligência, minha esposa, que fundamentalmente não tinha um traço sequer de superstição, fazia alusões frequentes à sabedoria popular antiga que dizia que todos os gatos pretos eram bruxas disfarçadas. Não que ela alguma vez tenha dito isso *a sério*; e não menciono a questão por nenhum motivo maior do que, por acaso, logo agora, ela ter sido lembrada.

Plutão – esse era o nome do gato – era meu animal e amigo favorito. Só eu o alimentava, e ele vinha comigo para onde quer que eu fosse na casa. Era até difícil impedi-lo de me seguir pelas ruas.

Nossa amizade durou, desta forma, vários anos, durante os quais meu temperamento e personalidade – por auxílio do Demônio da Imoderação – passou (coro ao confessar) por uma alteração radical para pior. Fiquei, dia após dia, mais taciturno, mais impaciente, mais indiferente aos sentimentos alheios. Sujeitei-me ao uso de linguajar imoderado com minha esposa. Depois de um tempo, até lhe ofereci violência pessoal. Meus animais de estimação, é claro, foram obrigados a sentir a mudança em minha disposição. Não apenas tinha descuido como também os maltratava. Por Plutão, no entanto, ainda mantinha consideração suficiente para evitar maus-tratos, ao passo que não tinha escrúpulos ao maltratar os coelhos, o macaco ou mesmo o cachorro, quando, por acidente ou por afeto, entravam em meu caminho. Mas minha doença florescia em mim – pois que doença é como o Álcool?! – e depois de um tempo, mesmo Plutão, que envelhecia e, consequentemente, ficava irritadiço... mesmo Plutão começou a sentir os efeitos de meu temperamento ruim.

Dada noite, ao voltar para casa, muito ébrio, de uma de minhas visitas à cidade, tive a impressão de que o gato evitava minha presença. Eu o peguei; quando, com medo de minha violência, ele causou uma leve ferida em minha mão com os dentes. A fúria de um demônio me possuiu no mesmo instante. Não me conhecia mais. Minha alma original parecia, no mesmo momento, abandonar meu corpo; e uma malevolência mais do que demoníaca, alimentada pelo gim, vibrava em cada fibra de meu corpo. Peguei no bolso de meu colete um canivete, abri a lâmina, agarrei o pobre animal pelo pescoço e deliberadamente lhe cortei um dos olhos, tirando-o da órbita! Ruborizo, ardo, tremo, enquanto escrevo a atrocidade condenável.

Quando a razão voltou junto à manhã – quando o sono me livrou da fumaça dos excessos da noite –, tive uma sensação parte de horror, parte de remorso, pelo crime do qual eu era culpado;

mas era, na melhor das hipóteses, uma sensação tênue e ambígua, e a alma permanecia intocada. Eu novamente mergulhei em excessos, e logo afoguei em vinho toda a lembrança do ato.

Enquanto isso, o gato se recuperou lentamente. A órbita do olho perdido tinha, é fato, uma aparência assustadora, mas ele não parecia mais sentir dor alguma. Ele passeava pela casa como de costume, mas, como era de se esperar, fugia com terror extremo quando eu me aproximava. Remanescia uma parcela suficiente do meu coração de antes para eu inicialmente ficar angustiado com esse desgosto evidente por parte de uma criatura que antes me amava tanto. Mas essa sensação logo foi substituída por irritação. E então veio, como que para minha ruína final e irrevogável, o espírito da PERVERSIDADE. Esse espírito a filosofia não considera. Contudo, não tenho mais certeza de que minha alma vive em comparação com a certeza de que a perversidade é um dos impulsos primitivos do coração humano – uma das faculdades ou sentimentos primários e indissociáveis que dão direção ao caráter do Homem. Quem nunca, centenas de vezes, percebeu que cometia uma ação vil ou tola por nenhum outro motivo além de saber que *não* deveria fazê-lo? Não temos uma inclinação perpétua para, a despeito de nosso juízo, violar o que é *Lei*, simplesmente porque entendemos assim sê-lo? Esse espírito da perversidade, eu diria, veio à minha ruína final. Era esse desejo incomensurável da alma de *vexar-se*; de oferecer violência à sua natureza; de fazer o errado só por ser errado, que me estimulou a continuar e por fim consumar o mal que eu causara ao animal inocente. Uma manhã, a sangue frio, envolvi um laço em seu pescoço e o pendurei num galho de árvore; pendurei-o com lágrimas escorrendo dos olhos e com o remorso mais amargo em meu coração; pendurei-o *porque* sabia que ele me havia amado e *porque* senti que ele não me dera nenhum motivo para agressão; pendurei-o *porque* sabia que ao fazê-lo eu cometia um pecado – um pecado capital que colocaria em risco minha alma imortal quanto a seu destino, se isso era possível, até mesmo além do alcance da misericórdia infinita do Deus Mais Misericordioso e Mais Terrível.

Na noite da data em que esse ato cruel aconteceu, fui tirado do sono por gritos de fogo. As cortinas de meu quarto estavam em chamas. A casa toda ardia. Foi com muita dificuldade que minha esposa, uma criada e eu escapamos da conflagração. A destruição foi completa. Toda a minha riqueza terrena foi engolida, e eu me rendi desde então ao desespero.

Estou acima da fraqueza de buscar estabelecer uma sequência de causa e efeito entre o desastre e a atrocidade. Mas detalho uma cadeia de fatos – e desejo não deixar imperfeita nem mesmo uma conexão possível. No dia seguinte ao incêndio, visitei os escombros. As paredes, com exceção de uma, haviam desmoronado. A exceção ocorreu numa parede divisória, não muito grossa, que ficava aproximadamente no meio da casa, e na qual estava encostada a cabeceira de minha cama. O cimento nela havia, na maior parte, resistido à ação do fogo – um fato que atribuí a ele ter sido aplicado não fazia muito. Ao redor dessa parede, uma multidão densa estava reunida, e muitas pessoas pareciam examinar uma parte particular dela com uma atenção muito minuciosa e ávida. As palavras "estranho!", "singular!" e outras expressões similares atiçaram minha curiosidade. Aproximei-me e vi, como se gravado em baixo-relevo na superfície branca, a figura de um *gato* gigante. A impressão se dava com uma precisão genuinamente fantástica. Havia uma corda ao redor do pescoço do animal.

Quando contemplei pela primeira vez essa aparição – pois eu mal podia considerar menos do que isso –, minha surpresa e meu terror foram extremos. Mas depois a reflexão veio a meu socorro. O gato, lembrei-me, fora enforcado num jardim adjacente à casa. Ao alarme do fogo, o jardim foi imediatamente ocupado pela multidão – e por um deles o animal deve ter sido cortado da árvore e arremessado, por uma janela aberta, para dentro de meu quarto. Isso provavelmente foi feito com o objetivo de despertar-me do sono. O colapso das outras paredes comprimira a vítima de minha crueldade no material da argamassa recém-aplicada, cuja cal, com as chamas e a amônia da carcaça, então formou o retrato como eu o vi.

Embora eu então tenha prontamente feito a consideração à minha razão, se não por completo à minha consciência, para o fato espantoso que acabo de detalhar, ele não deixou de causar uma impressão profunda em minha imaginação. Por meses não consegui me livrar do espectro do gato e, durante esse período, voltou a meu espírito uma fração de sentimento que parecia, mas não era, remorso. Cheguei ao ponto de lamentar a perda do animal e de procurar, entre os lugares vis que eu frequentava como hábito, outro animal da mesma espécie, e de aparência similar, com o qual ocupar seu lugar.

Dada noite, sentado, parcialmente estupefato, num antro mais do que infame, minha atenção foi de repente levada a um objeto negro, repousando no topo de um dos imensos barris de Gim ou Rum que constituíam a mobília principal do recinto. Eu estava encarando fixamente o topo do barril fazia alguns minutos, e o que agora causava surpresa era o fato de que eu não havia percebido antes o objeto ali presente. Aproximei-me e o toquei com minha mão. Era um gato preto, muito grande, tão grande quanto Plutão, e bastante parecido com ele em todos os aspectos, exceto um. Plutão não tinha pelos brancos em nenhuma parte do corpo; mas esse gato tinha uma mancha branca grande, embora indefinida, cobrindo quase toda a área do peito.

Ao tocá-lo, ele imediatamente levantou-se, ronronou alto, esfregou-se em minha mão e pareceu deleitar-se com minha atenção. Essa, então, era exatamente a criatura que eu buscava. Imediatamente, ofereci comprá-la do senhorio, mas a pessoa não reivindicou posse dela; não sabia nada sobre ela; nunca a vira antes.

Continuei minha carícia e, quando me preparei para ir para casa, o animal demonstrou disposição para acompanhar-me. Permiti que o fizesse, de vez em quando parando e afagando-o no meio do caminho. Quando cheguei à casa, domesticou-se de pronto e tornou-se imediatamente um favorito de minha esposa.

De minha parte, logo senti um desgosto por ele crescer em mim. Isso era justamente o inverso do que eu previra; mas – não sei como ou por quê – sua evidente afeição por mim me deixava enojado e incomodado. De forma lenta, esses sentimentos de nojo e incômodo se desenvolveram para o amargor do ódio. Eu evitava a criatura; uma certa sensação de vergonha e a lembrança de meu ato de crueldade anterior evitaram que eu abusasse dele fisicamente. Por algumas semanas, não bati nele nem realizei maus-tratos violentos; mas gradualmente – bem gradualmente – passei a olhá-lo com aversão inefável e a fugir em silêncio de sua presença detestável, como se fosse os ares de uma peste.

O que aumentava, sem dúvida, meu ódio pelo animal, foi a descoberta, na manhã seguinte à que o trouxe para casa, de que, como Plutão, ele também havia perdido um dos olhos. Essa circunstância, porém, apenas tornou-o mais querido de minha esposa, que, como eu já disse, tinha em grande medida aquela humanidade de sentimento que outrora havia sido meu traço diferencial, e a fonte de muitos de meus prazeres mais simples e puros.

Com minha aversão a esse gato, porém, sua predileção por mim parecia aumentar. Ele seguia meus passos com uma obstinação que seria difícil fazer o leitor compreender. Sempre que eu me sentava, ele ficava agachado sob a cadeira ou saltava para meus joelhos, cobrindo-me com sua carícia repugnante. Se eu levantasse para caminhar, ele se colocava entre meus pés e assim quase me fazia cair, ou, apertando suas garras longas e afiadas em meu traje, subia desse modo em meu peito. Nessas ocorrências, embora eu desejasse destruí-lo com um golpe, ainda me detinha do ato, parte pela lembrança de meu crime anterior, mas principalmente – permita-me confessar isso logo – pelo mais absoluto *medo* que tinha da criatura.

O medo não era exatamente um medo de maldades físicas... e, no entanto, eu não saberia que outra maneira usar para defini-lo. Tenho quase vergonha de admitir – sim, mesmo nesta cela de criminoso, tenho quase vergonha de admitir – que o terror e o horror que o animal inspirava em mim foram intensificados por uma das quimeras mais simples possíveis de se conceber. Minha esposa chamou minha atenção, mais de uma vez, ao aspecto da marca de pelo branco que mencionei e que constituía a única diferença visível entre a estranha criatura e a que eu havia aniquilado. O leitor há de lembrar que essa marca, embora grande, era originalmente muito indefinida; mas, num grau lento – quase imperceptível, que por muito tempo minha Razão teve dificuldade em rejeitar como obra da imaginação – começou, finalmente, a assumir a distinção rigorosa de um contorno. Era agora a representação de um objeto que eu me arrepio em nomear – e por isso, acima de tudo, eu odiava e temia, e teria me livrado do monstro *se tivesse a coragem* –, era agora, digo-te, a imagem de um cousa horrenda... de uma cousa fantasmática... da *forca*! Oh, lastimável e terrível mecanismo do Horror e do Crime; da Agonia e da Morte!

E agora eu estava de fato desgraçado além da desgraça da mera Humanidade. E *uma fera irracional* – cujo colega eu aniquilara com desdém –, *uma fera irracional* causar em *mim* – um homem, criado à imagem do Elevadíssimo Senhor – tanta angústia insuportável! Que lástima! Não conhecia mais, nem de dia nem de noite, a bênção do Descanso! Durante o primeiro, a criatura não me deixava sozinho em nenhum momento; e, no segundo, eu acordava, de hora em hora, de sonhos de medos impronunciáveis e deparava-me com o hálito quente *da cousa* em meu rosto e seu grande peso – um Pesadelo encarnado que eu não tinha poder de espantar – jazia eternamente em meu *coração*!

Sob a pressão de tormentas como essa, o frágil resquício de bondade dentro de mim sucumbiu. Pensamentos malignos tornaram-se exclusivamente íntimos – os pensamentos mais sombrios e maléficos. O meu temperamento tipicamente instável evoluiu para ódio de todas as cousas e de toda a humanidade; ao passo que, dos ataques repentinos, frequentes e descontrolados aos quais eu me entregava sem pensar duas vezes, minha esposa conformada – coitada! – era a mais recorrente e paciente sofredora.

Um dia ela me acompanhou, em alguma tarefa doméstica, ao porão da casa velha que éramos compelidos pela pobreza a habitar. O gato me seguiu pelos degraus altos e, quase fazendo-me cair de cabeça, exasperava-me e enlouquecia-me. Erguendo um machado e esquecendo, em minha ira, o medo infantil que até então havia segurado minha mão, tentei um golpe no animal que, é claro, se mostraria instantaneamente fatal se ocorresse como eu desejava. Mas esse golpe foi detido pela mão de minha esposa. Instigado, pela interferência, a uma fúria mais do que demoníaca, desvencilhei meu braço de suas mãos e cravei o machado em seu cérebro. Ela caiu morta na hora, sem um gemido sequer.

Após realizado o assassinato horrendo, dediquei-me assim, e com total deliberação, à tarefa de esconder o corpo. Sabia que não podia retirá-lo da casa, de dia ou de noite, sem o risco de ser observado pelos vizinhos. Muitos projetos entraram em minha mente. Num momento, pensei em cortar o cadáver em fragmentos minúsculos e destruí-lo com fogo. Noutro, decidi cavar uma cova para ele no chão do porão. Novamente, considerei jogá-lo no poço do jardim; colocá-lo numa caixa, tal qual uma mercadoria, com as medidas de sempre, e então providenciar um mensageiro para recolhê-lo em casa. Por fim, descobri o que considerava uma solução muito melhor do que qualquer uma dessas. Decidi colocá-la nas paredes do porão, como se registra que os monges da Idade Média faziam com suas vítimas.

Para uma intenção como essa o porão estava bem adaptado. Suas paredes foram construídas de forma displicente e havia pouco tinham recebido uma camada de argamassa grossa, cuja umidade da atmosfera impedira de endurecer. Além disso, numa dessas paredes havia uma projeção, causada por uma falsa chaminé (ou lareira) que fora preenchida e reformulada para parecer o restante do porão. Eu não tinha dúvida de que conseguiria prontamente tirar os tijolos daquele lugar, inserir o corpo e fechar a parede como antes, de modo que nenhum olho detectasse nada suspeito.

E, nesse cálculo, não me enganei. Com um pé de cabra facilmente desloquei os tijolos e, ao depositar com cuidado o corpo na parede interna, deixei-o apoiado nessa posição, enquanto, com pouca dificuldade, reapliquei toda a estrutura como estava antes. Após obter argamassa, areia e crina, com toda a preocupação possível, preparei um cimento que não podia ser diferenciado do antigo e com isso me dediquei com cuidado à nova alvenaria. Quando concluí, senti que tudo estava suficientemente bem. A parede não apresentava a menor aparência de perturbação, a sujeira do chão foi recolhida com atenção minuciosa. Olhei ao redor triunfante e disse a mim mesmo: *Pelo menos aqui, afinal, minha labuta não foi em vão.*

Meu passo seguinte foi procurar a criatura que fora a causa de tanta desgraça; pois eu havia, no fim, decidido firmemente matá-la. Se eu tivesse conseguido encontrá-la naquele momento, não haveria dúvida quanto a seu destino; mas parece que o animal astucioso havia ficado alarmado com a violência de minha raiva anterior e evitou apresentar-se diante de meu humor no momento. É impossível descrever ou imaginar a profunda e feliz sensação de alívio que a ausência da criatura detestada causou em meu peito. Não fez sua aparição durante a noite; e assim, por pelo menos uma noite desde sua introdução à casa, dormi bem e com tranquilidade; sim, *dormi* mesmo com o fardo do homicídio em minha alma!

O segundo e o terceiro dia passaram, e meu atormentador continuava sem vir. Novamente eu respirava como um homem livre. O monstro, aterrorizado, deixara os arredores para sempre! Não o veria mais! Minha felicidade era suprema! A culpa de meu ato tenebroso só me perturbava um pouco. Algumas perguntas foram feitas, mas elas foram prontamente respondidas. Até mesmo uma busca foi ordenada; mas, é claro, não havia nada a ser descoberto. Via minha futura felicidade como garantida.

No quarto dia do assassinato, um grupo da polícia veio muito inesperadamente à casa, e outra vez começou a fazer uma investigação rigorosa do recinto. Seguro, contudo, da inescrutabilidade de meu local de ocultação, não senti nenhum constrangimento. Os policiais mandaram que eu os acompanhasse na busca. Não deixaram canto algum sem explorar. Por fim, pela terceira ou quarta vez, desceram ao porão. Não tremi em nenhum músculo. Meu coração batia com a mesma calma de quem descansa inocente. Andei pelo porão de ponta a ponta. Cruzei meus braços em meu peito e caminhei com tranquilidade de um lado a outro. A polícia estava inteiramente satisfeita e pronta para partir. A alegria em meu coração era forte demais para ser contida. Ardia a minha vontade de dizer ao menos uma palavra, como forma de triunfo e para duplicar a certeza deles em minha culpa.

– Cavalheiros – disse por fim, conforme o grupo subia as escadas. – Fico feliz em aliviar as suspeitas dos senhores. Desejo-lhes muita saúde e um pouco mais de cortesia. Adeus, cavalheiros, esta… esta é uma casa muito bem construída. – [No desejo descontrolado de dizer algo comodamente, mal sabia o que falava.] – Permitam-me dizer que é uma casa *excelentemente* bem construída. Estas paredes… Já vão, senhores? Estas paredes foram erguidas com solidez. – E nisso, pelo mero frenesi da bravata, bati com força, com uma bengala que tinha em mãos, exatamente naquela parte de tijolos atrás da qual estava o cadáver da esposa de meu coração.

Mas que Deus me proteja e me liberte das garras do Arquidemônio! Mal havia a reverberação de meus golpes caído no silêncio quando fui respondido por uma voz dentro da tumba! Um choro, inicialmente abafado e intermitente, como o lamento de uma criança, que logo aumentou para um grito longo, alto e contínuo, totalmente anômalo e inumano; um uivo; um berro lamuriante, metade horror e metade triunfo, como se só pudesse ter saído do inferno, em conjunto com as gargantas dos condenados em agonia e dos demônios que se exultam na danação.

Meus próprios pensamentos é tolice comentar. Desmaiando, cambaleei em direção à parede oposta. Num instante, o grupo nas escadas permanecia imóvel, embora com extremo terror e surpresa. No outro, uma dúzia de braços robustos trabalhavam na parede. Vários pedaços caíram de uma vez. O corpo, já muito deteriorado e com coágulos secos, permanecia em pé diante dos espectadores. Em sua cabeça, com a boca vermelha estendida e o olho solitário em chamas, sentava a criatura horrenda cujos artifícios me seduziram a cometer assassinato e cuja voz informante me destinou à forca. Eu havia selado a parede com o monstro dentro da tumba!

A carta roubada

Nil sapientiae odiosius acumine nimio.[14]
Sêneca

Em Paris, logo após escurecer numa noite de ventania no outono de 18—, eu apreciava o luxo duplo da meditação e um cachimbo de *meerschaum*, na companhia de meu amigo C. Auguste Dupin, em sua pequena biblioteca de fundos, ou despensa de livros, *au troisième* do número trinta e três da rua Dunôt do distrito de Faubourg St. Germain. Por uma hora pelo menos mantivemos um silêncio profundo, no qual cada um de nós, a qualquer observador casual, podia parecer intencional e exclusivamente ocupado com os redemoinhos curvos de fumaça que oprimiam a atmosfera

---

14 "Nada mais odiável à sabedoria do que demasiada astúcia", em latim. (N.E.)

do cômodo. No meu caso, porém, estava discutindo mentalmente certos tópicos que formaram objetos de diálogo entre nós num momento anterior daquela noite; refiro-me ao caso da rua Morgue e ao mistério relativo ao assassinato de Marie Rogêt. Considerei, portanto, como certa coincidência, quando a porta de nosso apartamento foi aberta e recebeu nosso velho conhecido, o *monsieur* G——, chefe da Polícia de Paris.

Recebemo-lo cordialmente, pois o que o sujeito tinha de desprezível, tinha parcialmente de divertido, e não o víamos havia vários anos. Estávamos sentados no escuro, e Dupin então se levantou para acender uma lamparina, mas se sentou novamente, sem fazê-lo, quando G. disse que viera consultar-nos – ou melhor, pedir a opinião de meu amigo – acerca de assuntos oficiais que haviam causado muita consternação.

– Se nalgum momento for necessária a reflexão – comentou Dupin, abstendo-se de acender o pavio –, examinaremos com mais eficácia no escuro.

– Essa é mais uma de tuas ideias esquisitas – disse o chefe de polícia, que tinha o hábito de chamar de "esquisito" tudo que estivesse além de sua compreensão, e por isso vivia em meio a uma legião absoluta de "esquisitices".

– É verdade – disse Dupin, fornecendo ao visitante um cachimbo e levando-lhe uma cadeira confortável.

– E qual é a dificuldade da vez? – perguntei. – Nada relativo a mais um assassinato, espero?

– Ah, não, nada dessa natureza. A verdade é que o caso é *muito* simples, e não tenho dúvida de que conseguiríamos lidar com ele de modo suficiente; mas então pensei que Dupin gostaria de ouvir os detalhes da história, pois ela é tão excessivamente *esquisita*.

– Simples e esquisita – repetiu Dupin.

– Bem, sim; mas também não exatamente. A questão é que todos nós ficamos um bocado desconcertados, pois é mesmo tão simples, e ainda assim nos deixa perplexos.

– Talvez seja a simplicidade da cousa em si que deixa os senhores perdidos – disse meu amigo.

– Que bobagem dizes! – respondeu o chefe, rindo sinceramente.

– Talvez o mistério seja um pouco claro *demais* – disse Dupin.

– Ora, pelos céus! Quem já ouviu falar de algo assim?

– Um pouco evidente *demais*.

– Hahaha! Hahaha! Hohoho! – riu alto nosso visitante, achando profundamente engraçado. – Ora, Dupin, hás de me matar um dia!

– E qual, afinal, é o caso em questão? – perguntei.

– Bem, hei de contar-vos – respondeu o chefe de polícia, enquanto dava uma baforada longa, constante e contemplativa, e acomodava-se na cadeira. – Contarei em poucas palavras; mas, antes de começar, alerto que este é um caso que exige o máximo de sigilo e que eu muito provavelmente perderia a posição que hoje tenho se soubessem que contei a qualquer pessoa.

– O senhor prossiga – falei.

– Ou não – disse Dupin.

– Bem, então: recebi uma informação pessoal, de um altíssimo escalão, de que certo documento de extrema importância foi roubado dos aposentos reais. O sujeito que o roubou é conhecido; isso sem dúvida; viram-no pegando-o. Também se sabe que ainda mantém sua posse.

– Como se sabe isso? – Dupin perguntou.

– Deduz-se claramente – disse o policial –, a partir da natureza do documento, e do não surgimento de certas consequências que se dariam imediatamente se ele *saísse* das mãos do gatuno... no caso, se fosse empregado como afinal ele deve pretender empregá-lo.

– Seja um pouco mais explícito – falei.

– Bem, arrisco no máximo dizer que o papel dá a seu detentor certo poder em certa área na qual esse poder tem um valor imenso.

– O chefe de polícia era afeito ao jargão da diplomacia.

– Ainda não entendo completamente – disse Dupin.

– Não? Ora, com a revelação do documento a um terceiro, que deve permanecer anônimo, seria posta em questão a honra de uma pessoa de posto deveras elevado; e esse fato dá ao portador do documento domínio sobre a pessoa ilustre, cuja honra e paz estão assim sob risco.

– Mas esse domínio – interrompi – dependeria de o gatuno saber que o roubado tem ciência do próprio gatuno. Quem ousaria...

– O ladrão – disse G. – é o ministro D——, que ousa tudo, das cousas impróprias às próprias ao homem. O método do furto não foi menos engenhoso do que audaz. O documento em questão – uma carta, para ser franco – foi recebido pela pessoa roubada quando esta estava sozinha no budoar real. Durante sua leitura, ela foi repentinamente interrompida pela entrada da outra pessoa elevada de quem especificamente ela queria escondê-lo. Após um esforço apressado e infrutífero de colocá-lo numa gaveta, ela foi forçada a colocá-lo, aberto como estava, sobre uma mesa. O endereço, contudo, ficou por cima, e com o conteúdo assim protegido, a carta não chamou atenção. Nesse momento, entra o ministro D——. Seus olhos de lince imediatamente notam o papel, reconhecem a caligrafia no endereço, observam a confusão da destinatária e decifram seu segredo. Após algumas transações de negócios, apressadas a seu modo usual, ele obtém uma carta relativamente similar à outra em questão, abre-a, finge lê-la, e então coloca-a próxima e justaposta à outra. Novamente ele conversa, por cerca de quinze minutos, acerca de assuntos públicos. Por fim, ao retirar-se, também pega na mesa a carta a que não poderia reivindicar. A proprietária por direito, é claro, viu, mas não ousou chamar atenção para o ato diante do terceiro elemento que estava ao seu lado. O ministro retirou-se, deixando sua própria carta, que não tinha importância, na mesa.

– Eis, então – Dupin disse a mim –, que tens exatamente o que exigiste para tornar o domínio completo: o conhecimento do ladrão sobre o conhecimento do roubado acerca do ladrão.

– Sim – respondeu o policial. – E o poder assim obtido foi, há alguns meses, utilizado com fins políticos, a um grau deveras perigoso. A pessoa roubada está mais profundamente convencida, a cada dia, da necessidade de recuperar sua carta. Mas isso, é claro, não pode ser feito abertamente. No fim, levada ao desespero, ela designou a questão a mim.

– Afinal – disse Dupin, enquanto fazia um redemoinho de fumaça perfeito –, nenhum agente mais astuto, suponho, poderia ser desejado ou até imaginado.

– Lisonjeias-me – respondeu o policial –, mas é possível que uma opinião como essa tenha sido cogitada.

– Está claro – falei –, como o senhor observou, que a carta ainda está em posse do ministro, visto que é na posse, não no uso da carta, que reside o poder. Com o uso, o poder deixa de existir.

– É verdade – disse G. – E com base nessa convicção procedi. Minha primeira medida foi fazer uma busca ampla no hotel do ministro; e nesse caso meu constrangimento maior reside na necessidade de realizar a busca sem o conhecimento dele. Acima de tudo, fui alertado do perigo em que resultaria se lhe déssemos motivo para suspeitar de nosso intento.

– Mas os senhores são consideravelmente versados nessas investigações – falei. – A polícia parisiense fez isso antes.

– Ah, sim, e por essa razão não me desesperei. Os hábitos do ministro também me renderam ampla vantagem. Ele frequentemente se ausenta do lar durante a noite toda. Seus criados não são muitos. Dormem longe dos aposentos do mestre e, sendo majoritariamente napolitanos, ficam embriagados com muito pouco.

Como sabeis, tenho chaves capazes de abrir qualquer cômodo ou gabinete em Paris. Por três meses não houve uma noite cuja maior parte não passei pessoalmente revistando o Hotel D——. Minha honra é parte interessada e, mencionando um grande segredo, a recompensa é enorme. Então, não abandonei a busca até que fiquei completamente convencido de que o ladrão é um homem mais astuto do que eu. Creio que investiguei cada canto do recinto no qual era possível que o papel fosse escondido.

– Mas não é possível que – sugeri –, embora a carta esteja sob posse do ministro, como sem dúvida está, ele possa tê-la escondido noutro lugar que não seus aposentos?

– Isso é quase impossível – disse Dupin. – A atual situação peculiar das cousas, e especialmente das intrigas nas quais se sabe que D—— está envolvido, tornaria a disponibilidade do documento, a possibilidade de obtê-lo imediatamente, um aspecto quase tão importante quanto a própria posse.

– A possibilidade de obtê-lo? – indaguei.

– Ou seja, de *destruí-lo* – disse Dupin.

– É verdade – concordei. – O papel então claramente está nos aposentos. Quanto a estar com a pessoa do ministro, podemos considerar isso como fora de questão.

– Completamente – disse o chefe de polícia. – Ele já foi detido duas vezes, como se fosse um assalto, e sua pessoa foi rigorosamente revistada sob minha inspeção.

– O senhor talvez pudesse poupar-se dessa inconveniência – disse Dupin. – D——, suponho eu, não é de todo um tolo e, nesse caso, deve ter previsto essas detenções, como algo a se esperar.

– Não é *de todo* um tolo – falou D. – Mas é um poeta, o que eu considero apenas a um passo de ser um tolo.

– É verdade – disse Dupin, após um sopro longo e pensativo com o cachimbo de *meerschaum*. – Embora eu mesmo tenha sido culpado por alguns versos tortos.

– E se o senhor nos contasse as particularidades de sua busca? – sugeri.

– Ora, o fato é que não agimos com pressa e revistamos *todas as partes*. Eu há muito tive experiência com essas cousas. Investiguei o prédio inteiro, cômodo a cômodo, dedicando cada noite de uma semana a um deles. Examinamos primeiro a mobília de cada cômodo. Abrimos cada gaveta possível; e suponho que saibais que, diante de um agente policial devidamente treinado, não existe gaveta *secreta*. É um tolo qualquer homem que permite que uma gaveta "secreta" escape a seus sentidos numa busca desse tipo. É algo *tão* óbvio. Há uma certa quantidade de volume, de espaço, a ser perscrutado em todo e qualquer armário. Então, temos regras precisas. A quinquagésima parte de uma linha não nos escaparia. Depois dos armários, olhamos as cadeiras. As almofadas foram investigadas com as agulhas longas e finas que já me vistes utilizar. Das mesas, tiramos as partes superiores.

– Por quê?

– Às vezes, a parte de cima de uma mesa, ou de móveis similarmente montados, é removida por alguém que deseja esconder um objeto; depois, o pé é perfurado, o objeto é depositado na cavidade e a parte é recolocada. As partes de cima e de baixo dos pés da cama são usadas da mesma maneira.

– Mas a cavidade não poderia ser detectada por som? – perguntei.

– De modo algum, caso, quando o artigo for depositado, um preenchimento suficiente de algodão seja colocado ao seu redor. Além disso, em nosso caso, precisávamos proceder sem fazer barulho.

– Mas os senhores não poderiam ter removido… não poderiam ter desmontado *todos* os móveis nos quais seria possível realizar um depósito da forma que o senhor menciona. Uma carta pode ser reduzida a um rolo espiral fino, não muito diferente em forma ou volume de uma agulha de tricô grande, e dessa forma pode ser inserida na travessa de uma cadeira, por exemplo. Os senhores não desmontaram todas as cadeiras?

– É certo que não. Mas fizemos algo melhor: examinamos as travessas de todas as cadeiras no hotel e as juntas de cada espécie de mobília, com a ajuda de um microscópio deveras potente. Se houvesse qualquer traço de perturbação recente, não deixaríamos de detectá-lo no mesmo instante. Um mero grão de poeira de verruma, por exemplo, seria tão óbvio quanto uma maçã. Qualquer disparidade na cola, qualquer abertura atípica nas juntas, seria suficiente para garantir a detecção.

– Suponho que tenham olhado os espelhos, entre os painéis e as lâminas, e que tenham sondado as camas e roupas de cama, assim como as cortinas e os tapetes.

– Tudo isso é claro e, quando tínhamos terminado toda partícula de mobília dessa forma, examinamos a casa em si. Dividimos toda a sua superfície em compartimentos, que numeramos, de modo que nenhum fosse esquecido; então, escrutinamos cada centímetro quadrado na propriedade, incluindo as duas casas anexas, com o microscópio, novamente.

– As duas casas anexas! – exclamei. – Devem ter tido muito trabalho.

– Tivemos; mas a recompensa oferecida é estupenda.

– O senhor incluiu a área ao redor das casas?

– A área toda é pavimentada com tijolos. Ao comparar, tivemos pouco trabalho. Examinamos o musgo entre tijolos e concluímos que estava inalterado.

– Os documentos de D—— foram examinados, claro, assim como os livros da biblioteca?

– Certamente; abrimos cada pacote e embrulho; não apenas abrimos cada livro, mas viramos todas as folhas em cada volume, não nos contentando com um mero chacoalho, como seria costumeiro de alguns de nossos oficiais. Também medimos as espessuras de cada *capa* de livro, com a medição mais cuidadosa, aplicada com a minúcia mais zelosa no microscópio. Se alguma das encadernações tivesse sido manipulada, teria sido totalmente impossível que o fato escapasse à nossa observação. Cinco ou seis volumes recém-saídos das mãos do encadernador foram inspecionados com cuidado, longitudinalmente, mediante o uso das agulhas.

– Os pisos sob os tapetes foram explorados?

– Sem dúvida. Removemos cada tapete e examinamos as tábuas com o microscópio.

– E os papéis de parede?

– Sim.

– Olharam os porões?

– Olhamos.

– Então – falei –, houve um erro de cálculo de sua parte, e a carta *não* está na propriedade, como o senhor suspeitava.

– Receio que tenhas razão – disse o policial. – E agora, Dupin, o que sugeririas que eu fizesse?

– Que faça uma nova busca geral na propriedade.

– Isso é absolutamente desnecessário – retrucou G——. – Tenho menos certeza de que respiro do que tenho de que a carta não está no hotel.

– Não tenho conselho melhor para dar-lhe – disse Dupin. – O senhor tem, é claro, uma descrição adequada da carta?

– Ah, sim! – E aqui o chefe de polícia, pegando um caderno de registro, começou a ler em voz alta um relato minucioso da aparência interna e especialmente da externa do documento desaparecido. Logo após finalizar a leitura da descrição, ele se retirou, com o espírito mais deprimido do que eu jamais havia visto o bom cavalheiro apresentar antes.

Cerca de um mês depois ele nos visitou novamente e nos encontrou com quase as mesmas ocupações de antes. Ele pegou um cachimbo e uma cadeira e iniciou uma conversa banal. Por fim, eu disse:

– Bem, mas G——, e quanto à carta roubada? Suponho que o senhor tenha no mínimo decidido que não é possível ficar à frente do ministro?

– Consterná-lo, eu diria… sim. Refiz a busca, contudo, como Dupin sugeriu… mas foi trabalho perdido, como eu soube que seria.

– Quanto era a recompensa oferecida, mesmo? – perguntou Dupin.

– Ora, uma quantia bem grande. Uma recompensa *bastante* generosa. Não gostaria de dizer quanto, precisamente, mas uma cousa digo: não me incomodaria em dar um cheque de cinquenta mil francos de meu próprio punho a qualquer um que pudesse obter-me a carta. A verdade é que está tornando-se algo cada dia mais importante; e a recompensa recentemente foi dobrada. Mas, mesmo se fosse triplicada, eu não teria como fazer mais do que fiz.

– Ora, sim – disse Dupin, com a voz arrastada entre as baforadas de seu *meerschaum*. – Creio… de fato, G——, que o senhor não se esgotou… completamente nessa questão. Talvez queira… ir um pouco além, viu?

– Como? De que maneira?

– Ora… – *puf, puf* – talvez o senhor queira… – *puf, puf* – utilizar-se de um parecer no assunto, viu? – *Puf, puf.* – Lembra-se da história que contam sobre Abernethy?

– Não; que se dane Abernethy!

– Certamente! Ele que se dane, bem feito. Mas, há muito tempo, um certo rico avarento formulou um plano para tirar vantagem do tal Abernethy e obter uma consulta médica de graça dele. Para esse objetivo, durante uma conversa banal em companhia privada, ele insinuou seu caso ao médico, como se fosse de um indivíduo imaginário. "Suponhamos", disse o avarento, "que os sintomas sejam tal e tal; doutor, como o senhor diria que ele deveria se tratar?" E Abernethy responde: "Tratar? Ora, tratar com um *profissional*, sem dúvida".

– Mas – disse o policial, um pouco irrequieto – estou *perfeitamente* disposto a tratar com um profissional, e a pagá-lo. Daria *mesmo* cinquenta mil francos a qualquer um que me ajudasse na questão.

– Nesse caso – respondeu Dupin, abrindo uma gaveta e pegando um talão de cheques. – É melhor o senhor preencher para mim um cheque com o valor mencionado. Quando tiver assinado, entrego-lhe a carta.

Fiquei atônito. O chefe de polícia parecia completamente fulminado. Por minutos, permaneceu mudo e imóvel, olhando incredulamente para meu amigo com a boca aberta e olhos que pareciam sair das órbitas; então, aparentemente recuperando-se em certa medida, ele pegou uma caneta e, após várias pausas e olhares vazios, finalmente preencheu e assinou um cheque de cinquenta mil francos e entregou-o por sobre a mesa para Dupin, que examinou o papel cuidadosamente e depositou-o no seu caderno de bolso; então, destrancando uma escrivaninha, tirou dali uma carta e deu-a ao policial. O sujeito agarrou-a com uma agonia perfeita de alegria, abriu-a com a mão trêmula, olhou rapidamente seu conteúdo e, então, indo com dificuldade até a porta, apressou-se sem cerimônias para sair do cômodo e da casa, sem pronunciar uma sílaba sequer desde que Dupin pediu para ele preencher o cheque.

Após ele partir, meu amigo começou as explicações.

– A polícia parisiense – ele disse – é excepcionalmente capaz à sua maneira. São perseverantes, engenhosos, sagazes e amplamente versados nos conhecimentos que seu dever parece exigir prioritariamente. Portanto, quando G—— nos detalhou seu modo de busca pelas áreas do Hotel D——, senti-me inteiramente confiante de que fizeram uma investigação satisfatória... até onde seus métodos chegavam.

– Até onde seus métodos chegavam? – indaguei.

– Sim – respondeu Dupin. – As medidas adotadas foram não apenas as melhores de seu tipo, mas foram seguidas com perfeição absoluta. Se a carta tivesse sido colocada dentro da área de busca deles, esses sujeitos sem dúvida a teriam encontrado.

Eu apenas ri; mas ele parecia bastante sério com o que disse.

– As medidas, portanto – prosseguiu –, eram boas a seu modo, e foram bem executadas. O defeito estava em não serem aplicáveis ao caso e ao homem. Um certo conjunto de recursos altamente engenhosos é, nas mãos do chefe de polícia, algo como uma cama de Procusto, à qual ele forçosamente adapta seus objetivos. Mas ele erra perpetuamente por ser ou demasiado profundo ou demasiado raso para o caso em questão; e muitos estudantes são melhores em raciocínio do que ele. Conheci um menino com cerca de oito anos cujo sucesso em adivinhar no jogo de "par ou ímpar" atraiu admiração universal. Esse jogo é simples, e é jogado com bolinhas de gude. Um jogador coloca na mão uma quantidade desses brinquedos e faz o outro dizer se a quantidade é par ou ímpar. Se a resposta estiver certa, o adivinhador ganha uma; se estiver errada, ele perde uma. O garoto ao qual me refiro ganhou todas as bolinhas da sua escola. É claro que ele tinha algum princípio de adivinhação, que residia em mera observação e aferição da astúcia de seus oponentes. Se, por exemplo, um sujeito completamente simplório é seu oponente e, com a mão fechada, pergunta "é par ou ímpar?", nosso estudante responde "ímpar" e perde; mas na segunda tentativa ele ganha, pois então diz a si mesmo "o simplório escolheu um número par na primeira vez, e sua astúcia é apenas suficiente para escolher ímpar na segunda; eu então direi que é ímpar". Ele responde "ímpar" e ganha. Agora, com outro simplório um nível acima do primeiro, ele raciocinaria assim: "Esse sujeito notou que, na primeira tentativa, eu respondi 'ímpar', e na segunda, há de propor a si mesmo, num impulso inicial, uma variação simples de par para ímpar, como o primeiro simplório; mas então um segundo pensamento sugerirá que essa é uma variação simples demais, e ele por fim decidirá colocar um número par, como antes. Eu então responderei que é par". Ele diz "par" e ganha. Agora, essa forma de raciocínio do estudante, que os companheiros denominaram como "sortudo": o que, em última análise, é?

– É meramente – respondi – uma identificação do intelecto do raciocinador em comparação ao do seu oponente.

– Correto – disse Dupin. – E ao perguntar ao garoto de que modo ele realizava a identificação *minuciosa* que constituía seu sucesso, recebi a seguinte resposta: "Quando quero descobrir o quanto alguém é sábio ou estúpido, ou o quanto é bom ou ruim, ou quais são seus pensamentos naquele momento, imagino a expressão do meu rosto, com o máximo de precisão possível, em comparação com a do dele, e então espero para ver que pensamento ou sentimentos surgem em minha mente ou coração, como que para combinar ou corresponder com a expressão". Essa resposta do menino reside no fundo da profundidade ilegítima que se atribui a Rochefoucauld, a La Bougive, a Maquiavel e a Campanella.

– E a identificação – falei – do intelecto do raciocinador em comparação ao do seu oponente depende, se eu te compreendo, da precisão com a qual o intelecto do oponente é aferido.

– Pois seu valor prático depende disso – confirmou Dupin. – E o chefe de polícia e seus soldados falham com deveras frequência, primeiro, por negligência nessa identificação e, segundo, pela medição incorreta, ou falta de medição, do intelecto que enfrentam. Consideram apenas as *próprias* noções de engenhosidade; e, ao buscar qualquer cousa escondida, atentam apenas para a forma como *eles* teriam escondido. Estão certos nesse quesito: que sua própria engenhosidade é uma representação fiel *das massas*; mas quando a astúcia do indivíduo criminoso diverge em qualidade da deles, o criminoso os engana, é claro. Isso sempre acontece quando ela é superior à deles, e muitas vezes quando é inferior. Eles não têm variação de princípio nessas investigações; na melhor das hipóteses, quando são instigados por uma emergência atípica, por uma recompensa extraordinária, eles estendem ou exageram suas formas antigas de *prática*, sem mexer nos princípios. O que, por exemplo, nesse caso de D——, foi feito para variar o princípio da ação? O que toda essa perfuração e sonda e ausculta e escrutínio com o microscópio e dividir a superfície do prédio em centímetros quadrados registrados… o que é tudo isso senão um exagero *da aplicação* de um princípio ou de um conjunto de princípios de busca, baseados em um único conjunto de ideias acerca da engenhosidade humana às quais o chefe de polícia, no longo hábito de seu ofício, acostumou-se? Não vês que ele já considerou como certo que *todo* homem esconderia uma carta, não necessariamente num furo de verruma num pé de cadeira, mas no mínimo *nalgum* buraco ou canto escondido sugerido pela mesma tendência de pensamento que levaria um homem a ocultar uma carta num furo de verruma num pé de cadeira? E não vês que esses cantos rebuscados para ocultação se adaptam somente a ocasiões ordinárias, e só seriam utilizados por intelectos ordinários; pois, em todos os casos, o armazenamento do artigo escondido, dessa maneira rebuscada, é em primeiríssimo lugar presumível e presumido. E, portanto, sua descoberta depende não da perspicácia, mas sobretudo do mero cuidado, de paciência e determinação dos investigadores; e quando o caso é importante, ou, igualmente aos olhos policiais, quando a recompensa é de tamanha magnitude, as qualidades em questão *nunca* falham, pelo que se saiba. Hás de entender, agora, o que quis dizer ao sugerir que, se a carta roubada tivesse sido escondida em qualquer lugar nos limites da inspeção do chefe de polícia – em outras palavras, se o princípio da ocultação fosse condizente com os princípios dele –, sua descoberta seria um desfecho totalmente inquestionável. Esse funcionário, porém, foi completamente iludido, e a fonte remota de sua derrota reside na suposição de que o ministro é um tolo, por ter adquirido renome como poeta. Todos os tolos são poetas; é essa a *impressão* do chefe de polícia, que é meramente culpado de um *non distributio medii* ao inferir que todos os poetas são tolos.

– Mas esse é mesmo o poeta? – perguntei. – Sei que há dois irmãos; e ambos obtiveram reputação com as letras. O ministro, creio eu, escreveu com erudição sobre Cálculo Diferencial. Ele é um matemático, não um poeta.

– Estás equivocado; conheço-o bem; ele é ambos. Como poeta *e* matemático, ele raciocinaria bem; como mero matemático, não teria raciocinado nada, e assim estaria à mercê do chefe de polícia.

– Surpreendes-me – falei – com essas opiniões, que discordam da voz do mundo. Não pretendes desdenhar da ideia há séculos bem aceita. O raciocínio matemático há muito foi considerado *a* razão por excelência.

– *"Il y a à parier que toute idée publique, toute convention reçue est une sottise, car elle a convenu au plus grand nombre"*[15] – respondeu Dupin, citando Chamfort. – Os matemáticos, garanto-te, fizeram o melhor que podiam para promulgar o equívoco popular ao qual aludes, e que não deixa de ser um equívoco por sua promulgação como verdade. Com uma arte digna de uma causa melhor, por exemplo, eles insinuaram o termo "análise" para aplicá-lo à álgebra. Os franceses são os criadores desse logro em particular; mas se um termo tem alguma importância, se palavras obtêm algum valor de sua aplicação, então "análise" comunica álgebra assim como, em latim, *"ambitus"* sugere "ambição"; *"religio"*, religião; ou *"homines honesti"*, um grupo de homens *honrados*.

---

15 "É provável que qualquer ideia pública e qualquer convenção aceita sejam uma tolice, pois convêm à maioria", em francês. (N.E.)

– Tens uma desavença, pelo que vejo – falei –, com alguns dos algebristas de Paris, mas prossegue.

– Contesto a disponibilidade, portanto o valor, do raciocínio que é cultivado de qualquer forma especial além da lógica abstrata. Contesto, em particular, o raciocínio desenvolvido pelos estudos matemáticos. A matemática é a ciência da forma e quantidade; raciocínio matemático é apenas lógica aplicada à observação sobre forma e quantidade. O grande erro reside em supor que mesmo as verdades do que é chamado de álgebra *pura* são verdades abstratas ou gerais. E esse erro é tão odioso que fico perplexo com a universalidade com a qual ele é aceito. Axiomas matemáticos *não são* axiomas da verdade geral. O que é verdade para *relações* de forma e quantidade é muitas vezes totalmente falso para a moralidade, por exemplo. Nessa segunda ciência, é muito tipicamente *incorreto* que a soma das partes é igual ao todo. Na química, o axioma também falha. Falha na consideração da motivação, pois dois motivos com valores próprios não necessariamente têm, quando unidos, um valor igual à soma de seus valores separadamente. Há várias outras verdades matemáticas que só são verdades nos limites das *relações*. Mas a matemática postula a partir de suas *verdades finitas*, por hábito, como se elas fossem aplicáveis de modo absolutamente geral; como o mundo de fato imagina que elas são. Bryant, em sua deveras erudita *Análise da mitologia antiga*, menciona uma fonte de erro análoga quando diz que "embora não se acredite nas fábulas pagãs, continuamente nos esquecemos disso e fazemos inferências a partir delas como realidades existentes". Porém, os algebristas, que são eles mesmos pagãos, *acreditam* nas "fabulas pagãs" e fazem inferências não só por lapso de memória, mas por uma excentricidade no cérebro. Em suma, até hoje nunca encontrei um matemático em quem se pudesse confiar algo além de equações quadráticas, ou um que não tivesse a fé clandestina de que $x^2 + px$ é absoluta e incondicionalmente igual a q. Se desejares, diz a um desses, como experimento, que acreditas que podem ocorrer ocasiões nas quais $x^2 + px$ *não* é exatamente igual a q e, ao fazer com que ele entenda o que queres dizer, sai de seu alcance assim que puderes, pois, sem dúvida, ele tentará acabar contigo.

Enquanto eu apenas ria de sua última observação, Dupin continuou:

– O que quero dizer é que, se o ministro não fosse nada além de um matemático, o chefe de polícia não teria necessidade de dar-me este cheque. Porém, conheço-o como matemático e como poeta, e minhas medidas foram adaptadas para essa capacidade, com referência às circunstâncias pelas quais ele estava rodeado. Também o conheci como cortesão, e como um *intriguant* audacioso. Um homem assim, considerei, não deixaria de ter ciência dos modos comuns de ação policial. Ele não deixaria de prever, e os eventos provaram que ele previu, as detenções às quais foi submetido. Ele deve ter previsto, refleti, as investigações secretas em sua propriedade. Suas ausências frequentes da casa à noite, que foram consideradas pelo policial uma vantagem definitiva para seu sucesso, considerei apenas como *ardis*, dando oportunidade para extensas buscas da polícia, e assim logo causar neles a convicção à qual G——, de fato, chegou afinal: a convicção de que a carta não estava na propriedade. Senti também que toda a linha de pensamento, linha essa que me esforcei em detalhar para ti, relativa ao princípio invariável da ação policial para buscas por artigos ocultos... Senti que toda essa linha de pensamento necessariamente passaria pela mente do ministro. Isso imperativamente o levaria a descartar todos os *recantos* para encobrimento comuns. Refleti que *ele* não seria fraco a ponto de não perceber que os recessos mais intrincados e remotos de seu hotel seriam tão expostos quanto o armário mais comum aos olhos, às sondas, às verrumas e aos microscópios da polícia. Vi, por fim, que ele seria levado, naturalmente, à *simplicidade*, se é que não tomou esse caminho deliberadamente por escolha própria. Hás de lembrar, talvez, como o chefe de polícia riu quando sugeri, em nossa primeira entrevista, que era possível que o mistério o causava tanto problema pelo fato de ser *tão* evidente.

– Sim – respondi. – Lembro muito bem da alegria dele. Cheguei a achar que ele teria convulsões.

– O mundo material – prosseguiu Dupin – abunda de analogias muito estritas ao imaterial; portanto, algum matiz de verdade pode dar-se ao dogma retórico de que a metáfora, ou a símile, pode ser criada a fim de fortalecer um argumento, assim como para embelezar uma descrição. O princípio da inércia, por exemplo, parece idêntico na física e na metafísica. Não é mais verdade, no primeiro caso, que um corpo grande é movido com mais dificuldade do que um menor, e que seu ímpeto é proporcional a essa dificuldade, como é, no segundo caso, que intelectos de capacidade mais vasta, embora sejam mais potentes, mais constantes e mais significativos em seus movimentos do que os de grau inferior, não são, no entanto, os menos propensos a moverem-se e os mais desconcertados e hesitantes nos primeiros passos de seu avanço. Novamente: já notaste quais anúncios de rua em portas de estabelecimento são os que atraem mais atenção?

– Nunca pensei a respeito – falei.

– Há um jogo de enigmas – ele continuou – que se joga num mapa. Um grupo de jogadores exige que o outro encontre determinada palavra: o nome de uma cidade, rio, estado, império… enfim, qualquer palavra sobre a superfície emaranhada e multicolor do mapa. Um novato no jogo em geral tenta constranger os oponentes ao lhes dar os nomes com as letras mais diminutas; mas os experientes selecionam palavras que se estendem, em caracteres grandes, de um lado a outro do mapa. Essas, como os letreiros e placas de tamanho exagerado na rua, fogem à observação por serem excessivamente óbvias; e nesse caso o descuido físico é perfeitamente análogo à desatenção moral com a qual o intelecto acaba sem perceber essas considerações que são evidentes de maneira demasiadamente palpável e importuna. Mas parece que isso é algo ligeiramente acima ou abaixo da compreensão do chefe de polícia. Ele em nenhum momento achou provável, ou possível, que o ministro tivesse depositado a carta diretamente debaixo do nariz do mundo todo como forma de melhor prevenir que qualquer um neste mundo a percebesse.

"Mas quanto mais reflito na engenhosidade ousada, elegante e distintiva de D——; no fato de que o documento precisava sempre estar à mão, se ele pretendia usá-lo bem; e na evidência decisiva, obtida pelo policial, de que ele não estava escondido nos limites da busca normal ao funcionário, mais fiquei certo de que, para esconder essa carta, o ministro recorreu ao método abrangente e sagaz de não tentar esconder nem um pouco.

"Com essas ideias, preparei-me com um par de óculos verdes e visitei uma bela manhã, até por acidente, o hotel ministerial. Encontrei D—— em casa, ocioso, bocejando e espreguiçando-se como sempre, e fingindo estar com o mais extremo enfado. Ele na verdade é, talvez, o ser humano mais energético vivo… mas isso é só quando ninguém o vê.

"Para ter certa igualdade para com ele, reclamei de meus olhos preguiçosos e lamentei a necessidade de lentes, disfarce com o qual perscrutei com cuidado e abrangência todo o recinto, enquanto parecia atento somente à conversa com meu anfitrião.

"Prestei atenção especial a uma escrivaninha grande perto de onde ele estava sentado, sobre a qual estavam dispostas de forma confusa cartas e outros documentos, além de um ou outro instrumento musical e alguns livros. Nisso, contudo, após um exame longo e bem calculado, não vi nada que instigasse alguma suspeita em particular.

"Por fim, meus olhos, rodeando a sala, recaíram sobre um porta-cartas de papelão vistoso e filigranado, suspenso, por um laço azul sujo, num pendurador de latão logo abaixo da metade do consolo da lareira. Nessa peça, que tinha três ou quatro compartimentos, havia cinco ou seis cartões de visita e uma única carta, que estava muito suja e amassada. Estava quase rasgada em duas, no meio, como se um objetivo inicial de rasgá-la por completo tivesse sido alterado ou suspenso em seguida. Tinha um selo negro grande, com o símbolo de D—— *bastante* proeminente, e estava endereçado, numa letra pequena e feminina, ao próprio ministro D——. Estava jogada com descuido e até mesmo com desdém, numa das divisões superiores do porta-cartas.

"Logo que pus os olhos sobre essa carta concluí que era a que eu procurava. Que fique claro: ela era, em toda a sua aparência, radicalmente diferente da que o policial leu para nós em sua descrição minuciosa. Nesta, o selo era grande e negro, com o símbolo de D——; o da outra era pequeno e vermelho, com o brasão da família S——. Aqui, o endereço ao ministro era diminuto e feminino; na outra, o sobrescrito era a alguma figura real, com letras fortes e decididas; só o tamanho apresentava alguma correspondência. No entanto, a *radicalidade* dessas diferenças, que foi excessiva: a sujeira, a condição manchada e rasgada do papel, tão incompatível com os *verdadeiros* hábitos metódicos de D——, e tão sugestiva de um desejo de iludir o observador com uma ideia de baixo valor do documento; essas cousas, somadas à situação extremamente importuna do documento, em plena vista de qualquer visitante, e assim em total concordância com as conclusões às quais eu chegara antes... Essas cousas, digo eu, eram fortes motivos de suspeita, para aquele que veio com o intento de suspeitar.

"Prolonguei minha visita pelo máximo de tempo que pude e, enquanto mantinha uma conversa deveras animada com o ministro, acerca de um assunto que eu sabia bem nunca deixaria de interessá-lo e instigá-lo, mantive minha atenção na verdade fixa na carta. Nessa investigação, memorizei sua aparência externa e disposição no porta-cartas; também, depois de um tempo, tive uma descoberta que eliminou qualquer dúvida trivial que eu cogitasse ter. Ao examinar os cantos do papel, notei que estavam mais *desgastados* do que parecia necessário. Eles apresentavam a aparência *amassada* que se manifesta quando um papel espesso, após ser dobrado e ter a dobra apertada, é dobrado novamente no sentido inverso, nas mesmas partes e cantos que formavam a dobra original. Essa descoberta foi suficiente. Estava claro para mim que a carta havia sido, como uma luva, virada do avesso, reendereçada e selada novamente. Despedi-me do ministro e parti de imediato, deixando uma caixinha de rapé dourada na mesa.

"Na manhã seguinte, visitei-o por causa da caixa, e continuamos, um tanto avidamente, a conversa do dia anterior. Contudo, enquanto envolvíamo-nos na conversa, um som alto, como o de uma pistola, pôde ser ouvido diretamente abaixo das janelas do hotel, e foi seguido por uma série de gritos de pavor, e os berros de uma multidão aterrorizada. D—— correu até uma janela, abriu-a e olhou para fora. Enquanto isso, fui ao porta-cartas, peguei a carta, coloquei-a em meu bolso e a substituí por um fac-símile, nos aspectos externos, que eu havia preparado com esmero em meus aposentos, imitando o símbolo de D—— sem dificuldades, usando pão como forma para o selo.

"A comoção na rua foi causada pelo comportamento frenético de um homem com um mosquete. Ele o disparou numa multidão com mulheres e crianças. Averiguou-se, porém, que o tiro não tinha bala, e o sujeito foi liberado como um lunático ou bêbado. Quando ele deixou o lugar, D—— saiu da janela, para a qual eu o havia seguido imediatamente após garantir o objeto à vista. Pouco depois, despedi-me dele. O falso lunático era um sujeito que eu mesmo paguei."

– Mas por que motivo – perguntei – substituíste a carta por um fac-símile? Não teria sido melhor, na primeira visita, capturá--la abertamente e partir?

– D―― – Dupin respondeu – é um homem desesperado, e um homem ousado. Seu hotel também não carece de assistentes dedicados a seus interesses. Se tentasse a selvageria que sugeres, eu talvez nunca deixasse a presença ministerial vivo. Os bons cidadãos de Paris talvez nunca mais ouvissem falar de mim. Mas eu tinha um objetivo além dessas considerações. Sabes de minhas predisposições políticas. Nesse caso, ajo como partidá-rio da dama em questão. Por dezoito meses o ministro a tinha sob seu poder. Ela agora tem poder sobre ele; visto que, sem saber que a carta não está sob sua posse, ele seguirá com suas exigências como se a tivesse. Assim, é inevitável que ele acabe submetendo-se à própria destruição política. Sua queda, tam-bém, não será mais abrupta do que desajeitada. Fala-se muito de *facilis descensus Averni*;[16] mas, em todas as formas de escalada, como Catalani disse sobre o canto, é muito mais fácil subir do que descer. No atual momento não tenho compaixão, ou pelo menos não tenho pena, por aquele que desce. Ele é aquele *mons-trum horrendum*, um homem genial e sem princípios. Confesso, entretanto, que gostaria de conhecer precisamente o caráter de seus pensamentos quando, ao ser desafiado por aquela que o policial descreve como certa pessoa importante, for obrigado a abrir a carta que deixei para ele no porta-cartas.

– Por quê? Colocaste algo em particular nela?

– Ora... não parecia exatamente certo deixar o interior vazio; isso seria um insulto. D――, uma vez, em Viena, fez-me mal, e eu disse-lhe, com humor, que me lembraria disso. Então, como sei que ele sentirá curiosidade com relação à identidade da pessoa

---

16 "Fácil é a descida ao inferno", em latim. (N.E.)

que superou seu intelecto, pensei que seria lamentável não lhe dar uma pista. Ele é bem familiarizado com minha caligrafia, e apenas copiei no centro do papel em branco as palavras: "… *Un dessein si funeste, / S'il n'est digne d'Atrée, est digne de Thyeste*".[17] Elas se encontram em *Atrée et Thyeste*, de Crébillon.

---

17   "Um desejo assim funesto / se não é digno de Atreu, é digno de Tiestes", em francês. (N.E.)

William Wilson

O que dizer dela? O que dizer da horrível consciência,
Aquele espectro em meu caminho?
Pharronida, de Chamberlayne

Permita-me apresentar-me, por ora, como William Wilson. A página alva diante de mim não precisa ser manchada com minha denominação real. Ela já foi demasiadamente objeto de desprezo, de horror e de abominação de minha raça. Não haviam às regiões mais remotas do globo os ventos indignados espalhado rumores de sua infâmia sem paralelos? Ah, pária das párias mais abandonadas! Não estás para a terra eternamente morto? Para as honras, as flores, as aspirações douradas dela? E uma nuvem densa, escura e ilimitada não paira eternamente entre tuas esperanças e o céu?

Eu não comporia, se pudesse, aqui e agora, um registro de meus últimos anos de sofrimento inefável e de crime imperdoável. Essa época – esses últimos anos – é marcada por uma elevação repentina na torpeza, cuja origem é a única cousa que pretendo apontar. Homens geralmente se tornam vis aos poucos. No meu caso, num instante, toda a virtude caiu em conjunto como um manto. De uma ruindade relativamente banal passei, com um passo de gigante, para além das enormidades de um Heliogábalo. Quanto ao acaso – quanto ao evento que fez esse mal ocorrer, espera que te relato. A morte se aproxima, e a sombra que a precede lançou uma influência amaciadora em meu espírito. Desejo, ao passar pelo vale de penumbra, a compaixão – quase disse da pena – de meus semelhantes. Ficaria contente se acreditassem que fui, em certa medida, escravo de circunstâncias além do controle humano. Desejaria que buscassem por mim, nos detalhes que estou prestes a oferecer, algum modesto oásis de *fatalidade* em meio a um deserto de erros. Gostaria que concedessem o que não podem deixar de conceder: que, embora a tentação pudesse existir antes em igual escala, o homem nunca foi *assim*, pelo menos, tentado antes; certamente, *assim* nunca sucumbira. E, como consequência, ele nunca assim sofrera? Será que na verdade não tenho vivido um sonho? E não morro agora vítima do horror e do mistério da mais extraordinária das visões sublunares?

Sou o descendente de uma raça cuja índole imaginativa e facilmente instigável foi sempre considerada digna de nota e, logo no início de minha infância, apresentei indícios de ter herdado por completo esse traço familiar. Conforme seguiam os anos, ele se desenvolveu mais intensamente, tornando-se, por muitas razões, motivo de séria inquietação de meus amigos e de prejuízo inquestionável meu. Tornei-me teimoso, apegado a caprichos dos mais desvairados e alvo de paixões das mais ingovernáveis. Fracos de mente acometidos de enfermidades constitucionais análogas às minhas, meus pais não podiam fazer muito além de conter as inclinações malignas que me distinguiam. Alguns esforços lânguidos e mal direcionados resultaram no completo fracasso por parte deles e, é claro, no total triunfo por minha parte. Daí em diante minha voz era lei na casa; e, numa idade na qual poucas crianças abandonavam suas andadeiras, deixaram que eu ficasse sob controle de minha própria vontade e me tornasse, para todos os efeitos, senhor de meus próprios atos.

Minhas lembranças mais antigas de uma vida escolar estão ligadas a uma casa elisabetana grande e tortuosa, num vilarejo na Inglaterra de aparência nebulosa, no qual havia um vasto número de árvores nodosas gigantes e no qual todas as casas eram excessivamente antigas. Na verdade, era um lugar onírico e de acalmar os espíritos, a velha e venerável cidade. Nesse momento, ao pensar, sinto o frio refrescante de suas avenidas profundamente sombreadas, inalo a fragrância de seus inúmeros arbustos e me sinto novamente emocionado e com um deleite indeterminável ao ouvir a nota grave e profunda do sino da igreja, rompendo, a cada hora, com um estrondo taciturno e repentino, a quietude da atmosfera parda na qual o campanário gótico ornado se encontra fixo e em repouso.

Dá a mim, talvez, tanto prazer quanto consigo sentir de algum modo agora discorrer sobre lembranças minuciosas da escola e de suas atividades. Mergulhado no sofrimento como estou – sofrimento esse, ai, tão real –, devo ser perdoado por buscar alívio, por mais ligeiro e efêmero que seja, na fraqueza de alguns detalhes desconexos. Além disso, essas cousas completamente banais e até mesmo ridículas em si, ganham, em minha imaginação, uma importância adventícia, estando igualmente ligadas a um período e um local em que reconheço as primeiras advertências ambíguas do destino que posteriormente me ofuscou tão por completo. Permita, então, que eu me lembre.

A casa, mencionei, era velha e irregular. O terreno era extenso e um muro de tijolos alto e maciço, com argamassa e cacos de vidro no topo, envolvia o todo. Essa fortificação similar à de uma prisão formava o limite de nosso domínio; para além dele, víamos apenas três vezes por semana – uma vez toda tarde de sábado, quando, acompanhados por dois assistentes, tínhamos a permissão de realizar caminhadas breves em conjunto por alguns dos campos vizinhos; e duas vezes aos domingos, quando passávamos da mesma maneira formal para as cerimônias da manhã e da noite na única igreja do vilarejo. Dessa igreja o diretor da nossa escola era pastor. Que profundo o espírito de admiração e perplexidade com o qual eu costumava contemplá-lo de nosso banco remoto na galeria quando, com passos lentos e solenes, ele ascendia ao púlpito! Esse reverendo, com um semblante tão modesto e benevolente, com trajes tão lustrosos e tão clericalmente fluentes, com a peruca tão minuciosamente empoada, tão rija e imensa... podia ser ele que, depois, com expressão amarga e vestuário sujo de rapé, administrava, com palmatória em mãos, as leis draconianas da academia? Oh, que paradoxo gigante, monstruoso demais para ser solucionado!

Num canto do muro pesado franzia um portão ainda mais pesado. Era rebitado e reforçado com pinos de ferro, e coroado com espinhos de ferro denteados. Que impressões de espanto profundo ele inspirava! Nunca ficava aberto, exceto pelas três egressões e regressões periódicas já mencionadas; então, em cada rangido de suas dobradiças vigorosas, encontramos uma plenitude de mistério – um mundo de conteúdo para observações solenes, ou para meditações ainda mais solenes.

Aquele cerco extenso era irregular em forma, tendo muitos nichos espaçosos. Desses, três ou quatro dos maiores constituíam o pátio de recreio. Era plano e coberto com cascalho fino e duro. Lembro bem que não tinha árvores nem bancos, nem nada similar em seu espaço. É claro que ficava nos fundos da casa. À frente ficava um pequeno jardim ornamental, com buxos e outros arbustos plantados; mas por essa divisão sagrada passávamos apenas em ocasiões deveras raras – como a primeira vinda à escola ou a última partida de lá; ou, talvez, quando um pai, mãe ou amigo convocava nossa presença, e alegremente íamos para casa para as festas de fim de ano ou para as férias de verão.

Mas a casa! Como era singular o velho prédio! Como era para mim um genuíno palácio de encanto! Não havia fim para suas sinuosidades – para suas subdivisões incompreensíveis. Era difícil, em qualquer momento, afirmar com certeza em qual dos dois andares se estava. De cada sala para outra havia sempre três ou quatro degraus para se subir ou descer. E as ramificações laterais eram inumeráveis, inconcebíveis e faziam andar em círculos, de modo que nossas noções mais exatas em relação à mansão como um todo não eram tão diferentes das que ponderávamos acerca do infinito. Durante os cinco anos de minha residência lá, nunca fui capaz de determinar com precisão em que local remoto ficava o aposento designado a mim e a algo em torno de dezoito ou vinte outros estudantes.

A sala de aula era o maior cômodo da casa – eu não podia deixar de pensar que o era também do mundo. Era muito comprida, estreita, e lugubremente baixa, com janelas góticas pontudas e teto de carvalho. Num canto remoto e aterrorizante havia um repartimento de três metros ou um pouco menos, consistindo no *santuário* "durante o expediente" de nosso diretor, o reverendo dr. Bransby. Era uma estrutura sólida, com uma porta maciça que, em vez de abrir sem a presença do "dominie", preferiríamos todos nos sujeitar à morte por *peine forte et dure*. Em outros cantos, havia caixas similares, muito menos reverenciadas, é verdade, mas ainda grandes obras dignas de admiração. Uma delas era o púlpito do professor assistente de "clássicos", o outro do de "inglês e matemática". Espaçadas pelo cômodo, cruzando os caminhos umas das outras com uma irregularidade sem-fim, havia inúmeras cadeiras e carteiras, pretas, antigas e gastas, com livros muito usados empilhados desesperadamente, e tão esculpidos com iniciais, nomes inteiros, figuras bizarras e outros labores múltiplos de faca, a ponto de perderem o pouco da forma original que deviam ter tido em dias há muito passados. Um enorme balde com água ficava numa extremidade da sala, e um relógio de dimensões estupendas na outra.

Cercado pelo muro imenso da venerável academia, passei, mas não com tédio ou repulsa, os anos de meu terceiro lustro de vida. O cérebro populoso da infância não precisa de mundo ou incidente exterior para ocupá-lo ou entretê-lo; e a aparente monotonia terrível de uma escola era repleta de mais emoções intensas que minha juventude mais amadurecida obteve do luxo e que minha idade adulta obtinha do crime. No entanto, devo acreditar que meu primeiro desenvolvimento mental tinha nele algo muito incomum, até mesmo algo muito bizarro. Na maior parte da humanidade eventos muito no início da existência raramente deixam uma impressão definitiva na idade madura. Tudo é uma sombra cinzenta; uma lembrança fraca e irregular; uma reunião indistinta de prazeres fracos e dores fantasmagóricas. Comigo não é esse o caso. Na infância devo ter sentido com a energia de um homem o que agora tenho gravado na memória em traços tão vívidos, tão profundos e tão duradouros quanto os exergos das moedas cartaginenses.

Apesar disso, na realidade – na realidade da visão de mundo –, como era pouco o que havia para ser lembrado! O despertar da manhã, o toque de recolher noturno; os estudos, os seminários; os passeios e os semiferiados periódicos; o pátio de recreio, com suas brigas, seus passatempos, suas intrigas… Fez-se com que isso tudo, por uma feitiçaria mental há muito esquecida, envolvesse uma selva de sensações, um mundo de incidentes ricos, um universo de emoções variadas, de excitação deveras apaixonada e capaz de mexer com o espírito. "*Oh, le bon temps, que ce siècle de fer!*"[18]

Para dizer a verdade, o entusiasmo e a imperiosidade de minha disposição logo fizeram de mim um sujeito marcado entre meus colegas, e por gradações lentas, mas naturais, deram-me preponderância sobre todos que não fossem muito mais velhos do que eu... sobre todos com uma única exceção. Essa exceção se encontrava na pessoa de um estudante que, embora não tivesse parentesco, tinha o mesmo nome de batismo e sobrenome que eu – uma circunstância, a propósito, pouco notável; pois, não obstante uma linhagem nobre, minha alcunha era uma dessas cotidianas que parecem, por direito de prescrição, pertencer, desde sempre, à propriedade comum da população. Nesta narrativa, portanto, identifiquei-me como William Wilson – um título fictício não tão dessemelhante do real. Apenas meu homônimo, entre os que do jargão escolar definíamos como "nosso grupo", ousava competir comigo nos estudos das aulas, nos esportes e nas brigas no pátio; e rejeitar crença implícita em minhas afirmações ou submissão à minha vontade; inclusive, interferia em minhas ordens arbitrárias em todo e qualquer aspecto. Se há na Terra um despotismo supremo e irrestrito, é o despotismo de um intelecto potente na juventude sobre os espíritos menos energizados de seus companheiros.

A rebelião de Wilson era para mim uma fonte de vergonha sem par; ainda mais porque, apesar da bravata com a qual em público fazia questão de tratar sua pessoa e suas pretensões, sentia secretamente que o temia, e não conseguia deixar de pensar que a igualdade que ele mantinha em relação a mim com tanta facilidade era prova de sua legítima superioridade; pois não ser vencido custava

---

18   "Ah, os bons tempos desse século de ferro!", em francês. (N.E.)

para mim um esforço perpétuo. No entanto, essa superioridade – mesmo essa igualdade – na verdade não era reconhecida por ninguém além de mim; nossos colegas, por alguma falha de percepção inexplicável, pareciam sequer suspeitar. Inclusive, a competição, a resistência e principalmente a impertinência e a interferência obstinada em meus objetivos não eram mais abertas do que privadas. Ele parecia ser destituído tanto da ambição que me estimulava como da energia mental apaixonada que me permitia destacar-me. Sua rivalidade talvez pudesse ser acionada apenas por um desejo extravagante de contrariar, surpreender ou atormentar minha pessoa; embora houvesse momentos em que não podia deixar de observar, com uma sensação composta de surpresa, humilhação e ressentimento, que ele misturava com suas injúrias, seus insultos ou suas contestações, um aspecto deveras inapropriado e deveras indesejável de *afeição*. Eu conseguia apenas conceber esse comportamento peculiar como originário de uma presunção completa adquirindo ares vulgares de patronato e proteção.

Talvez fosse esse último traço na conduta de Wilson, aliado à nossa identidade de nome, e o mero acidente de termos entrado na escola no mesmo dia, que, entre os estudantes mais velhos da academia, gerou a noção de que éramos irmãos. Eles normalmente não se inteiram com muito rigor acerca dos assuntos dos mais novos. Eu disse antes, ou deveria ter dito, que Wilson não era, nem no grau mais remoto, ligado à minha família. Mas certamente se *fôssemos* irmãos, seríamos gêmeos; pois, após eu deixar os domínios do dr. Bransby, descobri por acaso que meu homônimo nasceu no dia 19 de janeiro de 1813 – e isso é uma coincidência um tanto notável, pois esse dia é exatamente o de meu nascimento.

Pode parecer estranho que, apesar da ansiedade contínua causada em mim pela rivalidade de Wilson e seu espírito insuportável de contestação, não conseguia fazer-me odiá-lo de todo. Tínhamos, certamente, quase todo dia uma disputa na qual, cedendo a mim os louros da vitória, ele, de algum modo, tramava uma forma de fazer com que eu sentisse que ele era o merecedor; mas certo orgulho de minha parte, e uma dignidade autêntica da dele, nos mantinham sempre no que chamamos de "relação amistosa", embora houvesse vários pontos de congenialidade intensa em nossos temperamentos, operando para despertar em mim um sentimento que apenas nossa situação, talvez, impedia de maturar em forma de amizade. É difícil, de fato, definir, ou mesmo descrever, os sentimentos que verdadeiramente nutria por ele. Eles formavam uma mescla heterogênea: certa animosidade petulante, que ainda não era ódio; certa estima, mais respeito, muito medo, com um mundo de curiosidade apreensiva. Ao moralista será desnecessário dizer, além disso, que Wilson e eu éramos os companheiros mais inseparáveis.

Era sem dúvida a situação existente entre nós que conduziu todos os meus ataques a ele (que eram vários, abertos ou discretos) pelo canal de troças e peças pregadas (causando dor e criando o aspecto de mera diversão) em vez de uma hostilidade mais séria e determinada. Mas minhas tentativas desse tipo de forma alguma obtinham sucesso uniforme, mesmo quando os meus planos eram concebidos com a maior astúcia; pois meu homônimo tinha muito em seu caráter de uma abnegação modesta e quieta na qual, ao passo que desfrutava da pungência de suas piadas, não tinha ela mesma um calcanhar de Aquiles, recusando-se absolutamente a ser objeto de riso. Encontrei, a propósito, apenas uma vulnerabilidade, que, por residir numa peculiaridade pessoal advinda possivelmente de uma doença constitucional, seria poupada por qualquer antagonista menos farto do que eu: meu rival tinha uma fraqueza nos órgãos do pescoço ou da garganta, que o impedia de elevar a voz em qualquer momento *acima de um sussurro bem baixo*. Desse defeito não deixei de tirar qualquer vantagem parca que estivesse em meu alcance.

As retaliações de Wilson em resposta eram muitas; e houve um modo de troça dele que me perturbou de um jeito imensurável. Como sua sagacidade, em primeira instância, sequer descobriu que algo tão mesquinho havia de vexar-me é uma questão que nunca consegui solucionar; mas, ao descobrir, ele regularmente praticava a amolação. Sempre senti aversão de meu patronímico não palaciano e de meu primeiro nome comum, talvez até plebeu. As palavras eram peçonha a meus ouvidos; e quando, no dia de minha vinda, outro William Wilson também chegara à academia, tive raiva dele por ter o nome e fiquei com o dobro de repulsa do nome por um estranho portá-lo, estranho esse que seria a causa de sua repetição, que estaria sempre na minha presença e cujas atividades na rotina normal de afazeres escolares seriam inevitavelmente, por causa da coincidência detestável, muitas vezes confundidas com as minhas.

A sensação de vexação assim gerada aumentava a cada circunstância que tendesse a mostrar semelhança, moral ou física, entre meu rival e eu. Eu não havia na época descoberto o fato notável de que tínhamos exatamente a mesma idade; mas via que tínhamos a mesma altura e percebia que éramos até parecidos de maneira peculiar em nossas silhuetas e contornos fisionômicos. Ficava aflito também com o rumor acerca de um parentesco, que começara a correr pelos círculos superiores. Em suma, nada era capaz de perturbar-me seriamente (embora eu escondesse com meticulosidade essa perturbação) do que qualquer alusão a uma similaridade mental, pessoal ou situacional existente entre nós. Mas, na verdade, eu não tinha motivo para acreditar que (com exceção da questão do parentesco e no caso do próprio Wilson) essa similaridade tivesse alguma vez sido objeto de comentário ou sequer sido notada por nossos colegas. Que *ele* notava em toda a sua conduta, e com tanta segurança quanto eu, era evidente; mas para que ele pudesse descobrir que essas circunstâncias eram uma fonte tão frutífera de incômodo, só se pode atribuir, como disse antes, à sua penetração fora do comum.

Sua provocação, que era aperfeiçoar uma imitação de mim, residia tanto em palavras como em ações, e ele cumpria o papel de forma admirável. Meu vestuário era fácil de se copiar; meu porte e maneirismos no geral foram, sem dificuldade, apropriados; apesar de seu defeito constitucional, mesmo minha voz não lhe escapou. Meus tons mais altos, é claro, ele não tentou, mas o timbre... era idêntico; *e seu sussurro singular tornou-se o próprio eco do meu.*

O quanto me atormentava esse exímio retrato (pois não poderia ser simplesmente considerado uma caricatura), não ousarei descrever agora. Tinha apenas um consolo: o fato de que a imitação, aparentemente, era notada apenas por mim, e que eu tinha de suportar apenas o conhecimento e os sorrisos estranhamente sarcásticos de meu homônimo. Satisfeito em ter produzido em meu peito o efeito esperado, ele parecia rir em segredo da pontada que infligira, e era distintamente indiferente ao aplauso do público que o sucesso de seus esforços sagazes teria facilmente despertado. Que a escola de fato não sentisse seu desejo, notasse seu sucesso e participasse de seu escárnio foi, por muitos meses ansiosos, um enigma que eu não conseguia solucionar. Talvez a *gradação* da cópia a tornara menos perceptível de pronto ou, mais possivelmente, eu devia minha segurança à maestria do copista que, desprezando o literal (que numa pintura é tudo que os obtusos enxergam), dava apenas o espírito integral de seu original à minha contemplação e mortificação individuais.

Mais de uma vez falei do ar asqueroso de patronato que ele adquiria diante de mim, e de sua frequente intromissão e interferência em minha vontade. Ela muitas vezes assumia o caráter indelicado de conselho; não um conselho dado abertamente, mas sugerido ou insinuado. Recebia-o com uma repugnância que ganhou força à medida que eu crescia durante os anos. Todavia, neste presente dia distante, permita-me fazer-lhe a justiça simples de reconhecer que não consigo lembrar-me de nenhuma ocasião em que as sugestões de meu rival estivessem no lado dos erros e tolices tão comuns à sua idade imatura e aparente inexperiência; que seu senso moral, no mínimo (e talvez também seus talentos no geral e conhecimento de mundo), era mais aguçado que o meu; e que eu talvez, hoje, fosse um homem melhor, e portanto mais feliz, se tivesse com menos frequência rejeitado os conselhos incorporados àqueles sussurros expressivos que eu então odiava tão efusivamente e desprezava com tanto amargor.

Mas, na situação em que me encontrava, fiquei com o tempo extremamente inquieto sob sua desgostosa supervisão e todos os dias ressentia mais e mais abertamente o que considerava sua arrogância intolerável. Disse que, nos primeiros anos de nossa conexão como colegas de escola, meus sentimentos com relação a ele podiam com facilidade ter maturado para uma amizade; mas, nos meses finais de minha residência na academia, embora a intrusão de seu maneirismo normal houvesse, sem sombra de dúvida, atenuado, em certa medida, meus sentimentos, numa proporção quase similar, continham muito de ódio definitivo. Numa ocasião ele viu isso, creio eu, e posteriormente me evitou, ou fez parecer que me evitava.

Foi mais ou menos na mesma época, se me lembro bem, que, numa altercação violenta com ele, na qual ele estava mais desprevenido e falava e agia com uma transparência de conduta um tanto alienígena à sua natureza, descobri, ou achei ter descoberto, em seu sotaque, seus ares, e sua aparência geral, algo que primeiro me espantou, depois me interessou em profundidade, trazendo à minha mente visões turvas do início de minha infância – recordações desvairadas, confusas e amontoadas de uma época na qual a memória em si ainda não havia nascido. Não consigo descrever melhor a sensação que me oprimia do que dizendo que era com dificuldade que eu conseguia desvencilhar-me da crença de que conhecia o ser diante de mim, de uma época muito anterior; uma parte do passado até mesmo infinitamente remota. O delírio, contudo, sumia com tanta rapidez quanto surgia; e só o menciono para determinar o dia da última conversa que tive com meu homônimo peculiar.

A enorme casa antiga, com suas inúmeras subdivisões, dispunha de várias câmaras grandes ligadas umas às outras, nas quais dormia a maioria dos estudantes. Havia, porém (como necessariamente ocorre num prédio de planejamento tão desajeitado), muitos recantos ou recessos, idiossincrasias da estrutura; e esses a engenhosidade econômica do dr. Bransby utilizou como dormitórios; embora, por serem cubículos dos mais simples, fossem capazes de acomodar apenas um único indivíduo. Um desses aposentos pequenos era ocupado por Wilson.

Uma noite, próximo ao fim do meu quinto ano na escola e logo depois da altercação que mencionei, ao ver todos envoltos pelo sono, levantei-me da cama e, com lamparina em mãos, percorri um emaranhado de passagens estreitas de meu dormitório ao de meu rival. Havia por muito tempo planejado uma dessas travessuras desnaturadas para prejuízo dele que eu até então tentara uniformemente sem sucesso. Era minha intenção, naquele momento, colocar meu esquema em ação, e eu estava determinado a fazer com que ele sentisse a extensão integral da malícia que eu tinha em mim. Ao chegar a seu cubículo, entrei sem fazer barulho, deixando a lamparina, com um anteparo cobrindo-a, do lado de fora. Avancei um passo e atentei para o som de sua respiração tranquila. Assegurado de que ele dormia, voltei, peguei a lâmpada e com ela novamente me aproximei da cama. Havia a seu redor um cortinado fechado que, para prosseguir com meu plano, abri de um jeito lento e quieto, quando os raios brilhantes recaíram vividamente no adormecido; e meus olhos, no mesmo momento, recaíram sobre seu semblante. Olhei: um torpor, uma frigidez de sensação instantaneamente percorreu minha figura. Meu peito ofegava, meus joelhos tremiam, meu espírito inteiro estava possuído por um horror indeterminado e todavia insuportável. Buscando fôlego, baixei a lâmpada para ainda mais próximo do rosto. Eram essas… *essas* as feições de William Wilson? Vi, de fato, que eram dele, mas me arrepiei como se sofresse um ataque febril ao imaginar que não fossem. O que *havia* nelas para confundir-me desse modo? Fitei; enquanto meu cérebro vacilava em meio a uma multidão de pensamentos incoerentes. Não era assim que ele se apresentava – certamente *não assim* – na vivacidade das horas despertas. O mesmo nome! A mesma silhueta! O mesmo dia de chegada à academia! E então sua imitação tenaz e despropositada de meu andar, minha voz, meus hábitos e meus modos! Será que, na verdade, estava dentro dos limites da possibilidade humana que *o que eu via então* era mero resultado da prática habitual de sua imitação sarcástica? Atemorizado e com um arrepio que percorria meu corpo, apaguei a lamparina, saí em silêncio da câmara e deixei, de imediato, os salões daquela velha academia, para nunca mais entrar lá outra vez.

Após um período de alguns meses, passados em casa no mero ócio, tornei-me estudante do Eton College. O breve intervalo foi suficiente para enfraquecer minhas lembranças dos eventos na escola do dr. Bransby, ou pelo menos para realizar uma mudança na natureza dos sentimentos ligados a tais lembranças. A verdade – a tragédia – dos eventos não existia mais. Podia agora encontrar oportunidades para duvidar da evidência de meus sentidos; e raramente sequer pensava no assunto a não ser com espanto acerca da extensão da credulidade humana, e com um sorriso para a força vívida da imaginação que eu possuía como traço hereditário. E essa forma de ceticismo não estava propensa a ser diminuída pelo estilo de vida que eu levava no Eton. O vórtice de bobagens impensadas em que lá mergulhei com tamanho imediatismo e displicência levou para longe tudo menos as frivolidades de meus tempos passados, engolindo de uma vez toda impressão criteriosa ou séria e deixando na memória apenas as mais levianas das leviandades de uma existência anterior.

Não desejo, contudo, traçar aqui o curso de minha devassidão desprezível – uma devassidão que punha em desafio as leis, ao passo que evadia a vigilância da instituição. Três anos de tolices, passados sem lucro, não deram a mim nada mais do que hábitos arraigados de vício e um aumento, a um grau um tanto atípico, à minha estatura corporal, quando, após uma semana de libertinagem desalmada, convidei um pequeno grupo dos estudantes mais desregrados para uma farra secreta em meus aposentos. Reunimo-nos tarde da noite, pois nossas devassidões seriam fielmente estendidas até a manhã. O vinho fluía livremente, e não faltavam outras seduções talvez mais perigosas; de modo que, quando o amanhecer cinzento apareceu debilmente no Leste, nossa extravagância delirante estava em seu auge. Descontroladamente regozijado com cartas e embriaguez, eu estava no ato de insistir por um brinde com um grau de profanidade acima do normal, quando minha atenção foi de súbito desviada pela porta do quarto sendo violenta, embora parcialmente, descerrada, e pela voz ávida de um criado do lado de fora. Dizia que alguém, que parecia estar com grande pressa, exigia falar comigo no salão.

Completamente agitado pelo vinho, a interrupção inesperada me agradou mais do que me surpreendeu. Segui cambaleando na mesma hora, e alguns poucos passos me levaram ao vestíbulo do prédio. Nesse cômodo baixo e pequeno não havia lanternas fixas, e naquele momento nenhuma luz adentrava, exceto a da manhã excepcionalmente débil que passava pela janela semicircular. Ao colocar meu pé na soleira, tomei ciência da silhueta de um jovem com altura próxima à minha, e trajado com uma túnica matinal de casimira branca, desenhada no estilo recente da que eu vestia naquela hora. Isso a luz fraca permitiu que eu visse; mas as feições do rosto não pude distinguir. Ao entrar, ele caminhou às pressas na minha direção e, agarrando-me pelo braço com um gesto de impaciência petulante, sussurrou em meu ouvido as palavras:

– William Wilson!

Fiquei perfeitamente sóbrio no mesmo instante.

Havia algo nos modos do estranho, e no movimento trêmulo de seu dedo erguido, ao passo que ele o segurava entre meus olhos e a luz, que me preenchiam com uma estupefação absoluta; mas não foi isso que me afetou com tamanha violência. Foi a presença de repreensão solene na pronúncia única, baixa e sibilante; e, acima de tudo, foi o aspecto, o tom, *o timbre* daquelas poucas sílabas simples e familiares, *porém sussurradas*, que vieram com inúmeras recordações aglomeradas dos tempos passados e atingiram minha alma com o choque de uma pilha galvânica. Antes que eu pudesse recuperar meus sentidos, ele não estava mais lá.

Embora esse evento não tivesse sido malfadado em esboçar um efeito vívido em minha imaginação desordenada, ele foi tão efêmero quanto vívido. Por semanas, eu de fato me ocupei com investigações sinceras, ou fui envolvido por uma nuvem de especulações mórbidas. Não tentei ocultar de minha percepção a identidade do indivíduo singular que com essa perseverança interferiu em minhas atividades e atormentou-me com seu conselho insinuado. Mas quem e o que era esse Wilson? E de onde viera? E quais eram seus objetivos? Em nenhum desses aspectos encontrei resposta satisfatória, apenas apurando, com relação a ele, que um acidente repentino em sua família levara à sua remoção da academia do dr. Bransby na tarde do mesmo dia no qual eu deixara a instituição. Mas num período curto deixei de pensar no assunto – minha atenção foi toda absorvida por uma ida cogitada a Oxford. E para lá logo fui; a vaidade incalculável de meus pais supria-me de provisões e uma renda anual que me permitia entregar-me à vontade ao luxo que já me era tão caro: de competir em profusão de gastos com os herdeiros mais altivos dos condados mais prósperos da Grã-Bretanha.

Estimulada por tais aplicações ao vício, minha disposição constitucional irrompeu com ardor redobrado, e rejeitei mesmo o comedimento básico da decência em minha paixão descontrolada pela folia. Mas seria absurdo deter-me nos detalhes da minha extravagância. Basta dizer que, entre prodigalidades, esbanjei em extravagância, e que, dando nome a uma multidão de novas insensatezes, adicionei um apêndice nada breve ao longo catálogo de vícios então normais na universidade mais desregrada da Europa.

Mal se podia acreditar, porém, que eu, mesmo ali, degenerasse tão completamente do nível de cavalheiro a ponto de buscar aproximar-me da arte deveras baixa do apostador profissional e, ao tornar-me perito nessa ciência repugnante, praticasse-a com regularidade como forma de aumentar minha renda já enorme à custa dos fracos de espírito entre meus colegas de faculdade. Esse, não obstante, era o fato. E a enormidade em si dessa ofensa a todo sentimento de hombridade e honra provou-se, sem sombra de dúvida, a principal ou talvez única razão da impunidade com que era cometida. Quem, de fato, entre meus colegas mais perdidos, não preferiria contestar a evidência mais clara de seus sentidos do que suspeitar desses comportamentos do alegre, do franco, do generoso William Wilson – o plebeu mais nobre e esclarecido de Oxford, cujos hábitos insensatos (segundo seus parasitas) eram apenas tolices da juventude e da imaginação descontrolada; cujos erros eram apenas caprichos inimitáveis; cujo vício mais tenebroso era apenas uma extravagância descuidada e enérgica?

Eu havia a essa altura passado dois anos desse modo com sucesso, quando veio à universidade um jovem novo-nobre, Glendinning – tão rico, diziam, quanto Herodes Ático; e com riquezas adquiridas com facilidade similar. Logo descobri que tinha espírito fraco e, claro, marquei-o como um alvo adequado para minha habilidade. Frequentemente participava de jogos com ele e providenciei, segundo a arte típica do apostador, que ele ganhasse somas consideráveis, para envolvê-lo com mais eficácia em minha armadilha. Por fim, com meus estratagemas maturados, encontrei-o (com a total intenção de que esse encontro fosse final e decisivo) nos aposentos de outro plebeu (o sr. Preston), igualmente íntimo de ambos, mas que, para ser justo com ele, não cogitava uma suspeita sequer remota de meu plano. Para dar a isso uma tonalidade melhor, havia arranjado um grupo de algo entre dez e oito pessoas, e com diligência tomei cuidado para que a introdução de cartas à noitada parecesse incidental, e com sua proposta originária do próprio tolo sob minha consideração. Para ser breve acerca de um assunto vil, nenhum dos artifícios baixos foi omitido, sendo tão costumeiros em ocasiões similares que é de se surpreender como ainda se encontram aqueles tão aparvalhados a ponto de serem vítimas deles.

Nós havíamos estendido nossa reunião ao longo da noite, e com o tempo realizei a manobra de tornar Glendinning meu único antagonista. O jogo também era meu favorito: écarté. O restante da companhia, interessada nas proporções de nosso jogo, havia abandonado suas próprias cartas e estava ao nosso redor, como espectadores. O novo-rico, que fora induzido por meus ardis no início da noite a beber muito, agora embaralhava, dava as cartas e jogava com um maneirismo nervoso que a embriaguez, pensei, talvez explicasse de modo parcial, mas não totalmente. Num período muito curto, ele passou a dever para mim uma vasta quantia, quando, após tomar um longo trago de vinho do porto, fez precisamente o que eu previra com frieza: propôs dobrar nossas apostas já extravagantes. Com uma demonstração de relutância bem fingida, e não antes que minha recusa repetida o induzisse a palavras esbravejadas que deram um ar de vexação à minha concordância, por fim aceitei. O resultado, é claro, apenas provou como a presa estava por completo em minha rede; em menos de uma hora ele quadruplicou sua dívida. Fazia algum tempo que seu semblante vinha perdendo o tom rosado concedido pelo vinho; mas agora, para meu espanto, notei que havia formado uma palidez genuinamente assustadora. Digo, para meu espanto. Glendinning sempre foi descrito a minhas interrogações ávidas como incalculavelmente rico; e as somas que ele havia perdido até então, embora vastas em si, não poderiam, eu supunha, incomodá-lo muito seriamente, tampouco afetá-lo de maneira tão violenta. Que ele foi dominado pelo vinho recém-tragado era a ideia que se apresentou mais de imediato; e, mais visando a preservação de meu caráter aos olhos de meus colegas do que qualquer outro motivo menos interesseiro, eu estava prestes a insistir, categoricamente, pela descontinuidade da jogatina, quando algumas expressões de companheiros a meu ombro e uma exclamação que evidenciava completo desespero por parte de Glendinning fizeram-me entender que eu o levara à total ruína nas circunstâncias, o que, ao fazer dele objeto da pena de todos, deveria protegê-lo das maldades mesmo de um demônio.

Qual teria sido então minha conduta é difícil dizer. A condição lastimável de meu parvo lançou um ar de melancolia constrangida sobre todos; por dados momentos, manteve-se um silêncio profundo, durante o qual eu não conseguia deixar de sentir minhas bochechas formigarem com os vários olhares ardentes de desdém lançados a mim pelos menos viciosos do grupo. Admito até que um peso intolerável de ansiedade foi brevemente levantado de meu peito pela interrupção repentina e extraordinária que se seguiu. As portas grandes e pesadas do apartamento se abriram num movimento só, até a abertura máxima, com um ímpeto vigoroso que apagou, como mágica, todas as velas do quarto. A luz delas, ao esvair-se, permitiu por um só momento que notássemos que um estranho adentrara ali; aproximadamente da minha altura e envolvido num manto justo. A escuridão, porém, agora era total, e podíamos apenas *sentir* que ele estava em meio a nós. Antes que qualquer um de nós pudesse recuperar-se do extremo espanto que essa grosseria nos causou, ouvimos a voz do intruso:

– Cavalheiros – ele disse, numa voz baixa, distinta e inesquecivelmente *sussurrada* que arrepiava meus ossos até a medula. – Cavalheiros, não peço desculpas por esse comportamento, pois, ao assim comportar-me, tudo o que faço é cumprir um dever. Os senhores estão, sem dúvida, desinformados quanto ao caráter real da pessoa que esta noite ganhou jogando écarté uma enorme soma monetária do lorde Glendinning. Eu agora hei de apresentá-los um plano diligente e decisivo para obter essa informação deveras necessária. Por favor, examinem à vontade o forro do punho de sua manga esquerda, e os vários baralhos que podem ser encontrados nos bolsos um tanto espaçosos de seu robe bordado.

Enquanto falava, tão profunda era a quietude que seria possível ouvir um alfinete cair no chão. Ao parar, ele partiu de imediato, e tão abruptamente quanto entrara. Posso… devo explicar minhas sensações? Devo dizer que senti todos os horrores dos condenados? Sem dúvida tive pouco tempo para reflexão. Muitas mãos me agarraram no mesmo momento, e luzes foram de pronto acesas novamente. Uma busca teve início. No forro de minha manga encontraram todas as cartas de figuras essenciais no écarté e, nos bolsos de meu robe, uma série de baralhos, fac-símiles dos usados em nossas reuniões, com a única exceção de que os meus eram da espécie chamada, tecnicamente, de *arrondées*; sendo as cartas de figura ligeiramente convexas nas pontas e as cartas mais baixas ligeiramente convexas nas laterais. Nessa disposição, a vítima que realiza o corte, como de costume, pelo lado mais longo do baralho, invariavelmente corta para o adversário uma carta de figura; ao passo que o apostador, cortando pelo lado mais curto, dará, certamente, ao seu alvo nada que tenha valor na pontuação do jogo.

Qualquer rompante de indignação ante essa descoberta exerceria impacto menor em mim do que o desprezo silencioso ou a serenidade sarcástica com os quais ela foi recebida.

– Sr. Wilson – disse nosso anfitrião, curvando-se para tirar de debaixo de seus pés um manto de peles raras extremamente luxuoso. – Sr. Wilson, isso é de propriedade do senhor. – Fazia frio e, ao deixar meu próprio quarto, coloquei um manto sobre meu robe, retirando-o ao chegar ao local da jogatina. – Suponho que seja supérfluo buscar aqui – ele fitava as dobras da roupa com um sorriso amargo – qualquer evidência adicional de sua habilidade. De fato, estamos fartos. O senhor há de ver a necessidade, espero, de deixar Oxford; no mínimo de deixar meus aposentos agora mesmo.

Humilhado, rebaixado a pó como eu estava no momento, é provável que eu devesse ter ressentido esse linguajar vexatório e reagido com violência pessoal imediata, se toda a minha atenção não estivesse no momento cativa de um fato de aspecto completamente surpreendente. O manto que eu vestira era de um tipo de pele raro; sua raridade, seu custo extravagante, não ousarei dizer. Seu corte também era uma invenção fantástica minha, pois eu era obstinado a um grau absurdo de afetação em assuntos dessa natureza frívola. Quando, então, o sr. Preston entregara-me o que havia pegado no chão, próximo às portas do apartamento, foi com um espanto beirando o terror que percebi meu manto já em meu braço (no qual sem dúvida eu o colocara sem perceber), e que o que foi apresentado para mim era sua contraparte em cada particularidade, mesmo a mais minúscula possível. A entidade singular que me expusera com um efeito tão desastroso vestia, eu lembro, um manto. E nenhum havia sido vestido por qualquer um dos membros de nosso grupo com exceção de mim. Mantendo alguma presença de espírito, peguei o que Preston me oferecia;

coloquei-o, sem que fosse percebido, sobre o meu; deixei o aposento com uma carranca resoluta de desafio; e, na manhã seguinte antes do amanhecer, iniciei uma viagem apressada de Oxford ao continente, com uma agonia perfeita de horror e vergonha.

Fugi em vão. Minha sina maligna me seguiu como se em exultação e provou, de fato, que o exercício de sua soberania misteriosa havia apenas começado. Eu mal havia colocado os pés em Paris e já tive novas evidências do interesse detestável do outro Wilson em meus assuntos. Os anos voaram, enquanto eu não tinha nenhum alívio. Patife! Em Roma, a tão inoportuna, mas tão espectral, intromissão com a qual se colocou entre mim e minha ambição! Em Viena também... em Berlim... e em Moscou! Na verdade, onde eu *não* tive uma razão amarga para o maldizer do fundo do coração? De sua tirania impenetrável eu fugi extensivamente, em pânico, como quem foge da peste; e para os cantos mais remotos da Terra *fugi em vão*.

E de novo, e de novo, em comunhão secreta comigo mesmo, perguntava de modo exigente: "Quem é ele?", "De onde veio?", "Quais são seus objetivos?". Mas não encontrava resposta. E agora eu escrutinava, com total escrutínio, as formas, os métodos e as principais características de sua supervisão impertinente. Mas mesmo assim havia muito pouco para basear uma conjectura. Era notável, de fato, que, em nenhuma das múltiplas ocasiões nas quais ele havia na época cruzado meu caminho, ele o fizera sem que fosse para frustrar esquemas ou perturbar ações que, se levadas até o fim, poderiam resultar em injúrias amargas. É uma má justificativa essa, na verdade, para uma autoridade tão imperiosamente assumida! Pobre garantia dos direitos naturais da ação autônoma negada de maneira tão persistente, tão ultrajante!

Também fui forçado a notar que meu atormentador, por um longo período de tempo – e enquanto mantinha com destreza milagrosa e completo escrúpulo seu capricho de uma paridade indumentária comigo – havia providenciado, ao executar suas variadas interferências em minha vontade, para que eu não visse, em nenhum momento, os traços de seu rosto. Independentemente de quem Wilson fosse, *isso*, no mínimo, era a maior das afetações, ou da tolice. Seria possível que ele, por um instante, tivesse suposto que, em meu repreensor no Eton; no destruidor de minha honra em Oxford; nele, que frustrou minhas ambições em Roma, minha vingança em Paris, meu amor apaixonado em Nápoles, ou o que ele falsamente determinou como minha avareza no Egito; que nisso, nesse meu arqui-inimigo e gênio do mal, eu deixaria de reconhecer o William Wilson de meus tempos de escola: o homônimo, o companheiro, o rival; o odiado e temido rival da academia do dr. Bransby? Impossível! Mas me permita chegar ao último evento relevante do caso.

Até então eu sucumbira sem resistência a essa dominação imperiosa. O sentimento de profundo medo com o qual eu normalmente contemplava a figura elevada, a sabedoria majestosa, a aparente onipresença e onipotência de Wilson, somadas a uma sensação de terror invariável com que me inspiraram outros aspectos de sua natureza e suposições, atuavam, até então, deixando gravada em mim uma noção de minha total fraqueza e desamparo, e sugerindo uma submissão implícita, embora amarga e relutante, à sua vontade arbitrária. Mas, mais posteriormente, eu me entregara completamente ao vinho; e sua influência enlouquecedora em minha condição hereditária deixou-me mais e mais intolerante ao controle. Comecei a murmurar... a hesitar... a resistir. E será que foi apenas a imaginação que me induziu a crer que, com o aumento de minha própria firmeza, a de meu atormentador sofria um decréscimo proporcional? Seja como for, agora começava a sentir a inspiração de uma esperança ardente, e com o tempo alimentei em meus pensamentos secretos uma determinação firme e desesperada de que eu não mais me sujeitaria à escravidão.

Foi em Roma, durante o carnaval de 18——, que eu compareci a um baile de máscaras no *palazzo* do duque napolitano Di Broglio. Deleitei-me com mais liberdade do que o normal nos excessos da mesa de vinhos; e agora a atmosfera sufocante dos cômodos lotados me irritava mais do que eu conseguia aguentar. A dificuldade de abrir caminho pelos labirintos de grupos também contribuía mais que um pouco ao incômodo de meu temperamento; pois eu procurava ansiosamente (permita-me não dizer com qual motivo indigno) a jovem e alegre esposa do velho e apaixonado Di Broglio. Numa confidência pouco rigorosa, ela antes comunicara a mim o segredo da fantasia que vestiria; agora, tendo visto sua pessoa de relance, apressava-me para chegar à sua presença. Nesse momento, senti uma mão leve colocar-se em meu ombro, e o som inesquecível, baixo e maldito daquele *sussurro* em meu ouvido.

Num frenesi absoluto de fúria, virei-me de imediato àquele que dessa forma interrompera-me e agarrei-o com violência pela gola. Ele portava, como eu esperava, uma roupa completamente similar à minha: vestindo uma capa espanhola de veludo azul, envolvida no quadril por um cinto carmesim que segurava uma rapieira. Uma máscara de seda preta cobria seu rosto por completo.

– Salafrário! – exclamei, numa voz rouca de ira, com cada sílaba pronunciada parecendo combustível para minha fúria. – Salafrário! Impostor! Patife maldito! Não hás... *não hás* de seguir-me até a morte! Segue-me, ou apunhalo-te de onde estás! – E saí do salão de baile para uma pequena antecâmara adjacente, arrastando-o comigo, sem receber resistência, conforme seguia.

Ao entrar, joguei-o furiosamente para longe de mim. Ele cambaleou até a parede, ao passo que eu fechava a porta com uma praga e ordenei que ele sacasse sua arma. Ele hesitou apenas por um instante; então, com um ligeiro suspiro, desembainhou a espada em silêncio, e colocou-se em posição de defesa.

A disputa foi, de fato, breve. Eu estava frenético e com toda espécie de agitação indômita, e senti dentro de meu braço a energia e o poder de inúmeros. Em poucos segundos, empurrei-o com pura força contra os lambris e assim, com ele à minha mercê, mergulhei minha espada, com ferocidade brutal, repetidamente perfurando e perfurando seu peito.

Nesse instante, alguém tentou abrir a porta. Apressei-me em evitar a intrusão e depois imediatamente voltei a meu antagonista moribundo. Mas que linguagem humana pode retratar de modo adequado *o espanto* em questão, *o horror* em questão, que me possuiu diante do espetáculo apresentado à minha vista? O breve momento no qual desviei os olhos foi suficiente para produzir, aparentemente, uma mudança material na organização na extremidade superior ou mais distante do cômodo. Um grande espelho – pelo que me parecia inicialmente em meio à confusão – agora estava onde antes não havia nenhum que se percebesse; conforme eu andava até ele em extremo terror, minha própria imagem, mas com um aspecto todo pálido e borrifado de sangue, avançando para encontrar-se comigo com uma passada fraca e cambaleada.

Assim parecia, digo, mas não era o caso. Era meu antagonista; era Wilson, que então se apresentava diante de mim, sob a agonia de sua desintegração. Sua máscara e capa estavam onde ele as jogara, no chão. Não havia nem um fio em seu vestuário e nenhuma linha nos contornos marcados e singulares de seu rosto que não fossem, mesmo na paridade mais absoluta, *os meus próprios*!

Era Wilson; mas ele não mais falava em sussurros, e eu poderia imaginar que era eu mesmo falando quando ele disse:

– Tu venceste, e eu me rendo. Porém, de agora em diante, tu também estás morto; morto para o Mundo, para o Céu e para a Esperança! Em mim tu existias... e, com minha morte, vê com esta imagem, que é a tua própria, a totalidade com a qual assassinaste a ti mesmo.

SIGA NAS REDES SOCIAIS:

 @editoraexcelsior

 @editoraexcelsior

 @edexcelsior

editoraexcelsior.com.br